血紙人

無處不在的亡魂耳語，
誓將所有「知情者」拉入萬丈深淵

隱僻寧靜的嵊縣小鎮，竟然出現了白蓮教妖人？
孩子接連失蹤、暴斃，據傳都被妖人奪去了心肝！
一時間風聲鶴唳，草木皆兵，家家戶戶門窗緊閉……
最後，這名「餘孽」被慷慨激昂的鎮民剖心致死。

孫了紅 著

本該告一段落的事件，卻在十二年後掀起了更大的波瀾──

目錄

一

殺害人家的，結果，難逃被人殺害的慘報！

呵！太神祕了！太神祕了！太神祕了！

提起這一件太神祕的事情，最初的起因，是在一個佛教團體的講經法會裡。

記得，那時是農曆的九月中旬吧，本地一處著名的佛教團體，舉行了一個小規模的講經會。這法會，並不宣講整部經典，每天只由主講的法師，以自由的題材，闡揚一些佛教的教義。宣講的期限，只有短短十天。這種演講，在佛教徒中間，有一個術語，稱之為「講開示」。

這是宣講的第五天。

這天，循例由會中的主講，拈著長香，迎請法師升座。兩旁聽經的男女居士們，肅立著，跟隨執事的僧眾，宣唱「爐香乍爇」的香贊，並稱揚「本師釋迦牟尼佛」的聖號。在講座前的爐鼎裡，飄著柔和的煙霧，靜靜的魚磬聲，把肅穆的空氣，播散在整個廣廈中。這法會雖不盛大，但是相當莊嚴，能令心地齷齪的人們，身處其中，引起一種內怍的感覺。

唱唸的儀式既畢，低眉盤坐的法師，輕輕叩著尺木，宣講開始了。

主講的法師，法名雪性，年齡並不高，面目非常慈祥。他是一位臺宗的尊宿，對於性相諸宗，也有相當的了悟。可是這天，他並不宣講那些「一心三觀，一境三諦」和「三界唯心，萬法唯識」等等的精微理論，他只拈出了極平常的「因果」二字，用淺顯的言辭，說明了佛教對這二字的解釋。

他說：「因果二字，在宇宙間，是一種最自然的自然律。因果間的關係，如同形影一樣。世間絕沒有離形獨立的影，也絕沒有遠離影子的形。而且，形是什麼樣式，隨形而生的影，也是什麼樣式。譬如：在一面鏡子前，呈露一個笑臉，鏡中所映出的，絕不會是怒容；反之，鏡前呈露一個怒容，鏡中所映出的，也絕不會是笑臉。所以，一切眾生，造了善因，決定了善果；造了惡因，則難逃惡果。準著以上的定理，可知一個人，打罵了人家，以後，便要遭到人家的打罵；殺害人家的，結果，也難逃被人殺害的慘報！」

「不過，我佛如來，也曾這樣說過：『罪性本空，不著體相，罪從心起，還從心滅。』因此，造了罪惡的人，如能發出猛烈的懺悔心，也能收到移因換果的後果。」

以上便是這天宣講的大意。

當天，這位雪性法師，他在闡明理論之外，又例舉了幾件正確可信的事實，以指證所言不虛。他的聲容，既是非常懇摯，他的口才，又是十分流暢。他使兩旁的聽眾們，像聽說書講傳奇故事那樣出神。因此，這天的演講，不但對於已歸信佛教的信眾，相顧動容，就連一向並不深信者，也都油然生出了信仰之心。

在男居士的坐席中，有一位來賓，特別由會中的職員專誠招待著。但看這招待員的臉色，那樣的殷勤，可以反映出，這位來賓身分的崇高。

這是一位氣概華貴的紳士，藍色的長袍，加上黑馬褂。估計年齡，約在五十以上。此人長著一張甲字形的臉，粗粗的眉毛，高高的顴骨，一雙細小而帶鋒稜的眼，眼角密布許多魚尾紋。神情上，具有一種工於心計的特徵。舉手之際，左手的手指，時時蜷曲成一種拈慣雪茄的姿勢。因此，無名指上一枚光芒四射的大鑽戒，使那些清苦的佛教徒，受到眼膜上的刺激。

這位闊紳士，他是這大都市中的一位有名的「聞人」。在金融圈內，佔有相當的地位。最近，他在囤積民食的偉大事業上，有過幾次驚人的表現。因此，凡屬久住本地的人，提起王俊熙三個字，大都是不勝欽仰的。

最近一二月來，這位「聞人」，大概因著事業上的賢勞，精神上似乎發生了一種不太健康的現象。有錢人的玉體，和貧苦者是絕對不同的：打了三個以上的噴嚏，就有煩勞醫生的必要。據醫生診斷：他是操心過度所致，需要良好的休養，倘若不休養，恐有釀成 **Hysteria** 的可能。**Hysteria** 這一個字，於一個有身價的人，的確是一個嚴重的威脅。於是，他不得不放下一切，暫時接受了醫生的建議。

休養期內，他在朋友們的閒談中，聽到了這講經會的事。這一天，偶然高興，來到這佛門裡。他對佛教，原無認識。初意只想藉此放鬆一下神經。不料他在聽講以後，竟受到了很大的感動，尤其是那法師所說的某幾句話，竟像螺旋釘一樣，深深旋進了他的腦門，使他留下了一個不可磨滅的印象。

以上所敘述的事，粗看，似乎很細微。可是，就因著這樣一個細微的因由，卻使以後那件詼詭離奇的故事，輕輕展開了無形的序幕；而這故事的神祕性，簡直可以說是完全超乎人類理智所能想像的範圍。

一　殺害人家的，結果，難逃被人殺害的慘報！

二

他從墳墓走出來，將誣陷他的仇人，生生地扼死！

王俊熙自從在佛教會裡聽了一次講經以後，似乎想起了一件不可告人的心事，從那天起，他的臉上，浮上了一重陰暗的色彩；言語舉動，時常呈露恍惚不安的樣子。素常，他是一個頭腦極冷靜的人，任何重大的事情，不易影響他的神態。因此，他這突然的反常，凡是和他接近的人，都能明顯地感覺到。

他的妻——佩瑩——是一個溫柔美麗的女子。她的年齡，幾乎比他小去一半。他們的結合，是在青樓之中。那個年輕的女人，雖是一個桃色網內逃出來的人，卻未沾染上太深的習氣。原因是：她本是一個生長於傳統家庭的良家婦女，由於一個意外的事變，才被推進這都市的火坑，因此，從良以後，對自己的丈夫，還能保有舊式女子溫柔體貼的作風。

王俊熙的神情恍惚，使他這位年輕的妻子，感到了重大的不安。她屢次向他追問：為了什麼事情，神色如此不寧？可是，我們這位聞人，連對他這最親密的妻子，也矢口否認他有任何的心事。

還好，他這反常的狀態，經過若干日子以後，似乎已漸漸平復下來。又過了幾天，那陰暗的氣色，已不復存在他的臉上。可是，一顆細小的石粒，投進平靜的水面，會激起許多的水花來。王俊熙在聽經以後所引起的內心不安，只是水花中的第一個旋紋。當第一個旋紋還沒有完全消滅以前，第二個較大的旋紋，又隨之而起，而在第二個旋紋之外，還有第三第四第五以致不盡的旋紋，連綿地化開去。

以下便是第二個旋紋的擴展：

這天，王俊熙用畢午餐，坐在一張軟椅裡，舒適地讀著報。在報紙上，有一個廣告，吸住了他的視線，這是一張大光明戲院的電影廣告。原來，大光明戲院，這天換了一部新片，片名叫做《再世復仇記》。在這新片的廣告中，刊有如下的警句：

——他從墳墓裡走出來，將誣陷他的仇人，生生地扼死！——

一個電影廣告，刊上一些刺激性的語句，那是極普通的事。在平常人的眼光裡，至多是語句的新奇，而引起了觀賞欲，可是，這廣告一映進了王俊熙的眼，立刻起了一種寒凜的感覺；他的心，有點怦怦然。他只覺這廣告上的那些「誣陷」、「仇人」、「復仇」、「墳墓」、「扼死」等等的字樣，一個個都在他的眼前，有力地跳動！同時，若干日前，他在講經會裡所聽到的幾句話，又在耳邊浮現；他彷彿聽到那個講經的法師，用懇切的聲吻，在他耳邊說道：

——殺害人家的，結果，難逃被殺的慘報！——

這時，他的臉上，又抹上了若干天前的陰暗。這一則極平常的電影廣告，竟使他的心底，發生了不可遏止的困擾。

人們常有一種心理，那是相當有趣的：越是一件畏懼的事，越易集中注意力。譬如：一個怕鬼的人，獨睡在一間空房裡面，半夜，他越是覺得這房內的空寂可怖，而他的注意力，越易集中於這房內的一切。當時的王俊熙，便是陷入了這種矛盾的心理狀態中。因此，他的第一個意念：很想去看一看，這一部《再世復仇記》，究竟什麼情節？但，第二個意念，立刻掉轉來想：不，還是不要去看。因為醫生曾囑咐過：在休養期內，使腦神經上受到不必要的刺激，那是不宜的。

去看呢，還是不去看呢？這兩種意念，竟在他的腦內，起了微妙的爭執。短短十餘分鐘之內，他向壁間的時鐘，流盼了好幾回。這時候，已逼近距離大光明的第一場開映。但，無論去看與不去看，總之，他這困擾，使他在那張舒適的軟椅內，已無法繼續靜坐下去。最後，他突然站起來，走出室外，吩咐司機：「把車子開出去！」

我們這位聞人，向來不喜歡看電影，而這一天竟破了例，車子終於駛到了大光明門口。司機滿眼訝異，目送他主人的背影，匆匆走進了戲院。五分鐘後，我們這位神經困擾的聞人，已在影廳裡，占據了一個座位。坐下不久，潔白的幕上，已在放射銀色的光芒。

《再世復仇記》，這是一部什麼影片呢？大部分的讀者，或許是看過的。但，因這電影的情節，於後面故事的發展，有著一種奇異的關聯，所以，這裡仍有介紹一下的必要。

這部電影，是被稱為「恐怖之王」的卡洛夫所主演。內容敘述一個失業的人，被五個壞蛋，無端搆陷成了一個殺人犯。由於壞蛋們的設計精密，使這可憐的被冤誣者，無法自辯。於是，在無抗辯的情形之下，糊里糊塗，被宣判了死刑。

有一個年老的醫生，知道這人的冤枉，特地挺身而出，仗義營救。但是，那些壞蛋們，又多方從中阻撓，使他受到時間上的耽誤。最後，那老醫生趕到刑場時，那個可憐的人，已是直僵僵地，做了電椅上的冤死鬼。

老醫生憤怒之下，把電椅上的屍體，載回了自己的實驗室。他竭盡所能，用電力醫治這被處死的人。仗著科學萬能，居然把這冤死者的靈魂，從死神手內，強劫了回來。

這可憐的人重回人世以後，他似乎換了一種人格。奇怪的是，他在未上電椅之前，他對誰是陷害他的人，完全茫無所知。可是，在復活後，他憑著一種神祕的感覺，竟能把五個仇人，清楚地指認出來。最後，他終於把那些壞蛋們，逐一生生扼死，而他自己也同歸於盡，再度投入了死神的懷抱之中。

以上便是《再世復仇記》一片的大意。這是當時頗為流行的一種恐怖片。

這電影與其說是恐怖片，不如說它是一個悲劇。其中有兩個場面，攝製得最動人。其一：當那失業者從監房裡被押出來而將踏上電椅時，他仰頭向著天，悽慘地呼籲：「呵！上帝！只有祢——相信我！」雖只這樣短短一二句的道白，他的語聲，蘊含著那樣的悲憤與失望；他的臉色，表現著那樣的淒惶與無助；配上了如泣如訴的提琴音響，與半明半晦的牢獄背景，使觀眾們的每一根神經上，不期而然都受到一種針尖挑刺似的感覺。另一個鏡頭，那個已死的人復活以後，他在一場音樂會中，遇到了誣害他的那些壞蛋們。那時，他悄然舉起他陰冷的視線，沉著地，輪流凝注著他的每一個仇人，在這短短的特寫鏡頭中，他簡直把人世間最凶銳最怨毒的神情，盡數攢聚到了兩顆眼球上面，而盡量向對方放射了出來！於是，不但銀幕上的壞蛋們，臉上表現了極度的緊張；在黑暗中觀眾們的情緒，也隨之引起了相同的緊張。

總之，這電影的確給予了多數觀者刺激的滿足。但是，筆者可以這樣說：其中受到刺激最深的，無疑地，應數我們這位幕下的主角王俊熙了！

二　他從墳墓走出來，將誣陷他的仇人，生生地扼死！

三

隱藏著兩顆比卡洛夫更凶銳怨毒的怒眼，在向他閃射！

劇終了，銀幕上各個高潮，逐漸歸於平靜。許多緊張的神經，也逐漸回復鬆弛。獨有王俊熙的腦中，高潮正自湧起。他隨著大批人潮，從戲院門口湧出來。他的兩腿感到疲軟而搖晃，宛如醉酒一樣。踏上了白晝光明的街上，兩眼還有點昏黑。若不是司機招呼著他，他幾乎無法找到自己的汽車。

呵！這影片給予他的印象，太深刻了！在車廂中坐定，那主角卡洛夫的一雙凶銳怨毒的眼珠，還在他的眼前閃動，無論睜眼與閉眼，都是那樣清楚。這印象，可以說：直到他臨死為止，或許已經永久無法消滅。呵！難道卡洛夫的表演藝術，真有如此動人的力量？不！這並不完全由於卡洛夫的高明演技，切實些說，在王俊熙的腦海中，還隱藏著兩顆比卡洛夫更凶銳更怨毒而更可怕的怒眼，在向他閃射！

在汽車飛馳的歸途中，王俊熙的腦內，展開了十二年前親身經歷，絕頂慘酷、絕頂恐怖的回憶布幕：

十二年前的王俊熙，並不是眼前地位崇高，身擁巨資的王俊熙。那時候，他還是個窮小子。他的原名，叫作王阿靈。他棲身的地點，在浙江省中一個隱僻的小鎮上。那個小鎮，距離匪類出沒的嵊縣，約近二十里路。地面雖很窄隘，但從嵊縣到紹興，那是一個必經的路途，因而這小小的市鎮上，居然開有一家唯一的小客棧。那家設備極簡陋的客棧，取著一個富麗的店名，叫作春華客店。那時的王阿靈，在這小客棧中，充當一名雜役，名為雜役，實際除了店主以外，他身兼經理、房務、招待、廚師，以及其他各項要職。所以，他在那家小客棧內，可以稱為一位要人。全鎮的居民，提起王阿靈，那是如雷貫耳的。

王阿靈在這小小的市鎮上，素以機警伶俐出名，就因他的機警伶俐，卻一手描畫了後面的一幅血畫。

故事的展開，是在一個淒風苦雨的夜裡。那時候，恰巧也是九月中旬的天氣。鄉間不比都市，晚餐以後，全鎮都已籠罩在淒寂的氛圍中。這小客棧屋簷下的一盞燈，搖曳於雨絲織成的夜幕上，遠望去，那一小片慘黃的光暈，現出朦朧欲睡的樣子，將漸歸熄滅。店內，店主與王阿靈，收拾了一下，正待要打烊，這時候，忽然門外急匆匆地，來了一個投宿的人。

那人挾著一柄油紙傘，拎著一個小包裹，模樣像是一個鄉間的苦役。看他頭上，戴著一頂破而且厚的舊氈帽，帽簷幾乎壓住了眉心——論季節，並不是需要戴這種帽子的時候——再看他身上，穿著一件汙垢不堪的黑布破短襖，肩際已開了花。下半身，繫著一條藍布裙。腳上穿的草鞋，沾有許多泥濘。顯見他到這裡來，已經過了一個相當長的路。

來客自報姓名，叫作陶阿九，是從嵊縣城裡出來，要到紹興去探親，路過這鎮上，要找間上等乾淨而隱僻些的房間，單獨住幾天。

「哈！身上這樣髒，卻要一間上等乾淨的房間！」店主呆望著來人，一種訝異的情緒，忍不住從眼角之間透露了出來。來客似乎已測知了店主的心事，立刻，他從溼淋淋的破短襖內掏出了錢，聲明「預付幾天的房錢」。

五枚雪白的銀元，塞進了店主的掌中，這使店主的手，微微有點顫動，因為他不曾在任何一個投宿的來客中，一次接到這麼多錢。當時，他對來客的要求，當然是唯唯答應了。

可是，一旁的王阿靈，機警的腦內，卻起了疑。他想，此人既是路過，住了一宿，就該上路，為什麼要預付幾天的錢？這是第一點；在交錢時，看他伸出來的手，非常白淨，小指上，還留著很長的指甲，這分明和他身上的裝扮，完全不相稱，這是第二點；再來，他為什麼一定要單獨住一間房？而且是要隱僻的，這是第三點。

為了以上幾個疑點，機警的王阿靈，不免向他更仔細地審視了幾眼。來人的年齡，在王阿靈估計中，約在四十至五十之間。煤油燈光之下，照見此人一張白蒼蒼的臉，帶有一種驚魂不定的神色。此人的臉部，更有兩個容易辨認的特徵。其一：在他的左耳耳輪上，生著一顆赤豆般大的黑痣，附有幾寸長的毛；其二：此人眉心中間，有三條深刻的皺紋，中間一條較長，兩邊兩條略短，形成一個略帶歪斜的鋼叉形。在某一瞬間，這帶有殺氣的鋼叉紋，顯得特別深，使人一望之間，就會留下一個不易淡忘的印象。

當晚，這自稱為陶阿九的來客，便被招待到一間所謂「上等乾淨」的房間裡。由於來客付錢豪爽，使這位小店中的要人王阿靈，不得不給予他一個較優良的待遇。

當他將要跨進這「上等」的臥房時，王阿靈殷勤地，預備接過他的小包裹，代他送進房裡去。不料，這善意卻遭到來客惡意的拒絕。在這瞬間，那人眉心間的鋼叉紋，又深刻地緊皺一下，而同時，王阿靈的手，卻已掂到那個小包裹，覺得有相當的分量。

上面這一個小動作，使王阿靈的疑念，特別熾盛起來。從多方面觀察，他感到來客的行徑，未免有點神祕，而那個小包裹，更是神祕中的神祕。

那個鄭重的小布包，裹著什麼寶貴的東西呢？

終於，在暗地裡的密切注視之下，這事情便迅速有了新奇的發展。

四

用白紙剪成許多小紙人，那紙人會走路！

夜深了，來客房裡的燈光，還沒有熄。窗外，王阿靈賊一般的屏住了呼吸，在凝神偷窺——這裡須得說明，這所謂窗，當然不是上海國際飯店樓垂著錦帷的鋼骨玻璃窗，那不過是十九世紀的中國破紙窗。於一個黑暗中的偵察眼，那是非常便利的。

這樣一個淒晦的雨夜，室中人深更未睡，他在做些什麼呢？

王阿靈從紙窗的破隙中張望進去，立刻，他呆住了。

原來，來客在黝黯的煤油燈下，正把那個包裹鄭重地打開來，細細點著裡面的東西。在這小包裹內，除了兩三件舊衣服外，其餘，是好幾厚疊的紙幣。估計數目，約有好幾百元吧？不！至少也近一千；或許還不止！另外，幾卷圓滾滾的紙卷，卷數雖不多，分量卻顯得很重，那必定是現洋！最後，只見一個厚厚的紙裹打開，呀！其中全是金飾！在慘淡的燈光下，四射著黃澄澄耀眼的光華。

呵！夜是黑的，燈是青的，四下的環境，是灰黯的，破桌子上，金是黃的，銀是白的，紙幣是花的，種種的顏色，把窗外黑暗中的一雙饞眼，映射成了紅的。

王阿靈定定神，又見室中那個詭祕的傢伙，匍匐在地下，正自忙碌地把那些財物，逐一隱藏於床下一個不易覺察的隱蔽處。隨後，他站起來，拂去膝部的泥垢，又把那兩三件舊衣服，重新打成一個原式的包，安放在枕邊。

王阿靈悄然站在黑暗中，睜大了眼像在做夢。可憐，他自入世以來，一雙細小如鼠的眼珠，從不曾見到過這麼多財物！這天晚上，僥倖，他犧牲了若干時刻的睡眠，居然換得一些滿足的眼福。但是，在這種情形之下，單單一飽眼福，於他似乎是不夠的。他只覺他的心底，被撥動了一種飢渴似的感覺。

於是，一顆靈敏的腦袋，在黑暗中開足了馬達。

「這樣的一個人，身上，竟有那麼多財物？這傢伙，一定不是好人吧？」黑暗中的第一個意念。

「他為什麼急匆匆地，把他的東西，藏在這床下呢？想來，他總不至於老遠趕來，特地專跳這地方，做他的儲藏庫吧？哦！明白了！那一定是為防備我。因為，在他進門之初，自己曾對他的包裹，幾番密切注意過。他害怕了，急切之下，無法可想，所以暫時匆匆隱藏一下子。對！一定是如此！」他的第二個意念，很聰明地這樣想。

「這床下的東西，除了我，沒有人知道。假使，這傢伙在今夜，突然得了急病，死了！那時，自己——哈哈……」這一個靈敏腦筋中的第三個意念，有點想入非非了。

「但是，閻羅王並不是自己的妹夫，絕不會那樣馴良聽話的——」第四個意念，他轉念，「那麼，自己可有方法，代那老閻執行一下職務嗎？」

「呵！不！罪過！」第五個意念，他自己阻止；但是，最後一個意念，立刻又急轉直下：「哼！這傢伙並不是一個好人哩。也許，他是一個強盜。包裹裡的東西，正是殺人放火搶來的。非義之財，人人可取，顧忌什麼？」

一種在卡通上時常見到的五顏六色的高速度旋律，在王阿靈腦內，攪起了風車似的疾轉！

聰明的人，畢竟是聰明的。一陣亂想之後，終於，在他靈敏的腦內，陡然想起了本鎮上過去的一件事。

不久以前，這小鎮上，曾發生過一件離奇的風波。原來，鎮上的孩子們，忽然被外來的拐子，拐走了好幾個。這寧謐的小鎮上從來不曾發生過這樣的事。並且，事有湊巧，就在拐失孩子的後一天，當地有位極具勢力的紳董，他年方八歲的獨生子，突然患了急症，竟在一夜之間狂喊心痛而死。論理，以上兩件事，原是風馬牛各不相關的，可是，鎮上居民，頭腦簡單，竟把兩件事硬聯想到一起，而產生了一種絕對離奇而不合理的謠言——這也許是當時那種所謂武俠小說的影響——一時沸沸揚揚，大家都說鎮上有白蓮教的餘孽，專和小孩作對。拐得著就拐走人；拐不到人，就用法術攝取心肝，那必定是拿去祭煉法寶或是合藥用的。這謠言一起，頓時這骨牌大的一方小鎮，鬧成一個風聲鶴唳、草木皆兵的局面。當時，那個喪失愛子的紳董，悲憤之餘，還曾懸過五百元的賞金，緝拿那個無影無蹤的妖人。結果不用說，當然是連風與影也不曾捕捉到。

以上的風波，還只是不到三個月的事。眼前，這風波雖已平息，但，全鎮有小孩的居民，偶然提到這事，還是談虎色變，當然，那位紳董，也還留著喪子的餘痛。

王阿靈想到了以上這件事，在黑暗中，他的腦內陡然一亮。他向破紙窗中，溜進了最後一眼，驀地，迸出一個念頭。

當晚，他悄悄地掩回了自己的臥處。枕上，獨自籌劃了大半夜。

第二天，他趁來客偶然離房的機會，偷偷掩進房去，預布了一個巧妙的機關。傍晚，他飛奔到那位紳董的府上，氣急地，報告出了如下一段話。

他說：「報告鄉董，那個白蓮教的妖人，又來了！他正住在我們的店裡。那是一個相貌凶殘的人，左耳有一顆痣，眉心有三道紋；他是昨晚來的；嗳！可怕呀！我親眼瞧見他在煤油燈下，用白紙剪成許多小紙人，那紙人會走路！不相信，你們自己去看哪！」

這出人意表的消息，使聽的人，受到了一個相當大的震駭與騷擾。鄉鎮雖沒有無線電，可是，眨眨眼，這颶風差不多已吹滿了半個鎮。不到半小時，在這春華客店的門外，捲起一股人浪，其中，地方幹部首領怒潮似的捲進了那個自稱為陶阿九的臥房中。這駭人的情況，使店主與店主婦，大大吃了一驚；尤其是那個自稱陶阿九的人，更是目瞪口呆，他不知道自己正遭遇了一個何等的惡夢？並且，為著某種誤會，他的意識中，只有「逃」的準備。他這惶懼失措，顯見畏罪情虛，於他更為不利。結果，他在群眾拳腳交加之下被捆綁了起來。接著，眾人匆匆一搜檢，立刻在他簡單的行李——那個小包裹——中，搜出了三枚白紙剪成的小紙人！此外，還有一張紅紙，上面寫著好幾個小孩的年庚，而那位大紳董心痛而死的獨生子的年庚，也在其內。

呵！攝取小孩心肝的白蓮教妖人，證據確鑿，鐵案如山，還有什麼疑義？

由於當時時代的黑暗，由於鎮上群情的洶湧，主要的，更由於大紳董為子復仇的怒火熾燃。當時，這事件並不曾經過一個正當法律的裁奪，結果，那個莫名其妙的罪犯，連一個申訴抗辯的機會，也不曾獲得，糊里糊塗，便在土皇帝的口頭法律下，被判決了剖心處死的酷刑！

四　用白紙剪成許多小紙人，那紙人會走路！

五 老天哪！告訴我，我究竟犯了什麼罪？

一張血染成的畫面迅速地在翌晨展開：

這是一個低氣壓的天氣。蒼鉛似的天色，和死囚的容色一般的灰敗。在一方蕭颯的荒地上，那死囚，赤裸了上體，屈著膝，雙手被反綁在一根臨時豎起的木樁上。三枚帶著神祕性的小紙人，另外加上一道黃紙朱書的符籙，一同黏貼在這死囚的胸口——這是鎮上一個老道士的建議，他說：「真的！那些小小的紙人，都是活的！倘若不加上一道太上鎮壓符，一同處死，它們會作祟，會代主人復仇！」——因這一點小小的點綴，使這事件，特別增添了詼詭恐怖的氣氛。

離荒地數尺之外，安放著一張白木桌，桌上，正中供著那位大紳董的愛子靈位；那幾個被拐失的孩子們，不勝榮幸地被邀作陪賓，也供著靈位。祭酒、祭菜、祭飯，羅列滿桌。兩根蠟燭，迎風搖晃而震顫，滴下了鮮紅的血淚，象徵著這死囚短促的生命。最刺眼的，這桌子上，還陳列著一面小木盤和一柄兩面開鋒的尖刀！

原來，他們正預備著表演一幕野蠻時代慘無人道的剖心活祭的活劇！

小鎮上的居民，幾乎空巷來觀。這一向寂寞的荒地，四周，砌成了一堆人肉的圍牆。在這許多人的臉上，有的是憤怒，有的是緊張，有的是在期待。他們大多數，都挾著一種欣賞「草臺戲」的心理，來欣賞這一幕從未見到過的活劇。那位春華客店中的要人王阿靈，居然也是這特殊劇場中的免費來賓之一。

在慘劇將要演出前的剎那，那個死囚，睜著噩夢初醒似的眼，顫巍巍地，望著對面桌子上那面木盤和那柄耀眼的尖刀，他知道自己將要遭受到一個如何的命運。他無力地微微仰起他絕無人色的臉，哀聲地向空中呼籲：

「老天哪！告訴我，我究竟犯了什麼罪？我家裡，還有老母，還有妻，還有兒，還有……」他的聲音顫不成聲。一語未畢，淚如雨下。

在人叢裡，起了一片詛咒聲。有人向他拋擲石頭；還有人遙遙地吐唾沫，卻沒有一人向他拋擲同情。

唯一例外的，獨有仁慈的王阿靈，微微偏轉了臉。

「如果，世間真有果報——」這死囚在眾人的喧噪聲中，忽然鼓起了他生命中最後一絲的火焰，他眉心間的鋼叉紋，顯得那樣深，他切齒怒喊：「是誰害死我的，誰就要遭更慘的報應！我雖死了，我的冤魂白日裡也會從墳墓裡走出來，找到我的仇人，向他索取我的命！」

在他發出這最後的毒誓瞬間，他的眼珠，變成兩顆怒紅的火球；他的冤淚已被燒而乾涸。他把他毒蛇般陰冷的視線，在圍觀群眾的臉上，沉著地，逐一徐徐搜尋過來，最後，黏滯到了王阿靈臉上——這死囚，不知是出於有心呢？或是出於偶然呢？——可是，在王阿靈眼中，卻感覺到這臨死的傢伙，簡直已把人世間所有最凶銳最怨毒的神情完全攢聚到了兩顆眼球上，向自己這邊放射了過來！

從這一霎時為始，王阿靈的腦內，便永遠被投進了一顆陰暗的種子！這種子一直在他心底浮漾，騷擾，直到他臨死，也無法消滅！

當時的某一瞬間，王阿靈的臉色，變得和這死囚一樣的難看。但，他後來畢竟是一個偉大的聞人，所以，僅僅一瞬，他立即恢復了他的鎮靜，並且，為表示出他的鎮靜，他還悠然無事地，看完了這好戲的最後一幕。

他眼看著那個客串性的劊子手——鎮上的一個屠夫——把那柄尖刀，用力地埋進了這死囚的心口。一朵怒紅的鮮花，從這死囚的心頭噴放出來，把黏在他胸前一同處死的白色小紙人，渲染成了殷紅可怕的血紙人！

一幕野蠻活劇在群眾鼓噪聲中終場。但是，這一個被處死刑的人，究竟是不是一個攝取小孩心肝的白蓮教徒呢？

答案是：不！絕對不！白蓮教三個字，在他整個生命中，或許，連夢寐間也不曾有過關係。他的面貌，雖然相當凶殘，實際，他卻是嵊縣城外一個安分守己的小富戶。他的真姓名，叫作況錫春。在他手內，擁有好幾百畝的田和數萬元的資產。這雖並不是一個了不起的數字，可是，在當地，他是一個出了名擁有最多現錢的人。因此，竟引起了近處一股土匪的覬覦。這次，他突然接到那匪首的一封信，要求他於最短期間，拿出十萬元來，充作所謂軍餉，倘不答應，便要用最殘酷的方法來對付他！——那匪首是出名凶殘的，說得到，做得到。在過去，已有不少駭人的先例——這恐嚇信，於這安分膽小的富戶，無異一紙死刑的宣判書。在當時，那種兵即是匪匪即是兵的時代，他根本無法獲得合法的保護。他要答應那要求，實在沒有那麼多錢；不答應吧，他又無法逃出匪徒們的魔掌，萬分無奈，只得採取了一個棄家逃亡的下策。他家裡，除了老母妻子，有一個年近三十的兒子，還有一個十五歲的幼女。當時商議，全家五口一起出走，斷難逃過匪徒們的耳目。因此，由他獨自一人，變裝先走。臨走，由他妻子把所有積蓄，悉數打入一個隨身的小包裹，趁著一個淒晦的雨天，在一柄破紙傘的掩護之下，提心吊膽，逃出了匪徒們的監視。他知道離縣近二十里外的小鎮上，有一家鄙陋的小客棧。他和家人約定，在這裡等候。等全家會齊，便一起逃到紹興或杭州去。

不料，由於金錢的作祟，逃出了魔鬼的雙掌，卻踏入了死神的機關。這在迷信宿命論者的眼光裡，豈非添了一個強而有力的例證？

幕後的真相，終於在小鎮上揭露了。沒幾天，那個枉死者的老母妻兒的哭聲，已傳到全鎮居民的耳內，可是，在那時候，那位機警的王阿靈，已是悠然騎上鶴背，插起了遠走高飛的翅膀。

當這位未來的聞人，拜別這小鎮的時候，他還挾著一小股的怨憤。因為，那位大紳董，竟背棄了五百元賞金的諾言。他想：若不看在店內床下的寶藏份上，幾乎白弄死了一條人命！但是，當他悄悄發掘床下那注血浸過的財源時，他又深深吃了一驚。他發覺這一筆借刀殺人的酬勞費，單單紙幣一項，已有九千四百五十元之多；加上銀元與金飾，還有一些上等並未見過的珠寶，約略估計，總數將及一萬三千元以上。就這樣輕輕易易，他成了一個速成的小富翁。

就在那年九月裡，他悄悄地溜到了上海。而同時，他更由鄙俗的王阿靈，搖身一變而為高雅的王俊熙先生。

如是匆匆過了十二年後，靠著他的智謀機警，他已躋身於海上聞人的寶座。

五　老天哪！告訴我，我究竟犯了什麼罪？

六　啊喲！那正是十二年前剖心處死的白蓮教妖人！

王俊熙從大光明戲院出來，悄然蜷伏於汽車一角，他的兩眼，雖脫離了有形的銀幕，而他腦海中，卻繼續展開了另一片無形的銀幕。十二年前那幅絕頂殘酷恐怖的畫面，清楚地復映於他眼底。回到家裡，一想起卡洛夫的眼色，同時也使他聯想到那雙與卡洛夫相同的眼色；他只覺那兩顆毒蛇般的怪眼，那樣陰森森地，在空間的每一個角落裡，朝他身邊刺過來！

他臉上的陰暗，更加嚴重。

他非常後悔，不該去看那場含有刺激性的電影，以致引起無謂的憂怖。不過，他這憂怖，也並不能說是完全由於那部影片而引起。實在，近來另有一件離奇的事，是引起他內心不安的真正原因。

事情在他到佛會裡聽經的前幾天。那是一個天色晴朗的白天。他從外面回家，剛跨出汽車門，突然有一個中年男子，從他身旁匆匆擦肩而過。當時一瞥之間，他只覺那人的面貌，非常稔熟，分明像是一個常見面的人。而奇怪，一時卻無法思索，這是一個什麼人？事後，他立刻記起來了。啊喲！那人不是別人，正是十二年前那個被判剖心處死的白蓮教妖人！面部的輪廓，越想越相像！不想起還好，一想起，他全身的血液，似已停止了流動。

他惶惶然，感到了一種大禍臨頭的預感。

可是，他畢竟是一個頭腦冷靜的人。細細一思想，他覺得自己的頭腦，未免幼稚得可笑。在這世界上，哪裡真會有鬼。即使有鬼，哪裡會來索命。即使鬼會索命，何致等到十二年後，再來清算血帳。何況，自己遇見那個人時，又在光天化日之下，那一定是面貌偶然的相像，加上自己心頭的疑影，以致有這錯誤。對了！一定如此！

一經這樣解釋，他的心頭，覺得泰然了許多。假使沒有別方面的刺激，他幾乎忘了那件事，偏偏，在幾天之後，他忽然到那所佛會裡去，聽了一次經。那講經的法師，說出了那樣幾句：

「殺害人家，結果，難逃被殺害的慘報！」

接連著，他又看到那則電影廣告，恰巧有著這樣離奇的語句：

「他從墳墓裡走出來，將誣陷他的仇人，生生地扼死！」

以上兩節話，立刻使他聯想到十二年前那個死囚臨刑前的可怕毒誓，那傢伙曾惡狠狠地說：

「如果世間真有果報，誰害死我，誰就要遭到更慘的報應。我雖死了，我的冤魂，白日裡也會從墳墓裡走出來，找到我的仇人，向他索取我的命！」

想起了十二年前的毒誓，使他不得不想到門口遇見的那個人。啊呀！不會真的遇見了鬼吧？他越想越害怕，一種無可名狀的惶悚，像一條毒蛇似的，鑽進了他的心坎。自此，他往往無事無端，會驚悸地跳起來；在獨自靜坐的時，彷彿常見一種飄忽的黑影，在他眼角閃過。這情形，使他的神經遭到了嚴重的困擾。他雖仍自己解慰：「世間絕沒有鬼。」可是，他的心，已不再接受他的建議。

本來疑心能生暗鬼，而王俊熙所遇的事，似乎並不是完全屬於空洞的疑心。於是，一件絕對神祕駭人而使人不敢置信的奇事，終於在他眼前，清清楚楚、毫無假借地實現了。

可怕的事發生的那一天，恰巧是歐美人稱為「黑色星期五」的日子。王俊熙從外面回來的時候，已是傍晚。陰森的暮色，已籠罩於室內。近來，我們這位聞人，因為內心的黑暗，很需要外界的光明。而且在這一時期，他的性情簡直變得非常之壞，一點小事也會動怒。他見這時候，屋內還不開燈，就提起了肝火。他低著頭，獨自匆匆踏上樓梯，剛走到距離梯頂約有五六階，偶一抬眼，只見梯口有一個人，迎面急忙忙地，正要走下樓來。第一眼，他看到那個人，頭上戴著一頂黑色銅盆帽，身穿一件黑色布袍，腋下還挾著一包東西。其時，王俊熙把傭僕們不開燈火的怒氣，遷移到了這人身上。他正待喝斥：「什麼人，亂闖到樓上來！」

就在這將開口的瞬間，猛然間，他已看清了這人的面貌，他只覺周身的毛髮，嚇得根根飛立了起來！

原來，樓頭的甬道，左側有一間房，房門正自敞開著——這就是他的臥室——燈光從臥室中滲漏出來，斜射在梯口那人的臉上，映照得相當清楚。在月色與燈光的交織中，照見那人一張死白的臉，絕無半絲血色，像抹上了薄薄的一層石灰漿一樣。這一個熟識而可怕的面貌，正是他近來在睡夢中難以忘卻的面貌！尤其是此人一雙陰冷的眼珠，像毒蛇似的透著碧森森的光，正迅速地向自己怒射過來！

當時的情形，只是短短一瞬的時間。奇怪！那人一見王俊熙，似也呈露相當恐慌，無聲而飄忽地，向著左側一閃，轉眼就像一縷輕煙消失了。

可是，在這極短促的一瞬中，王俊熙已看清楚——毫無假借、毫無錯誤地看清楚——這人正是若干天前在門口遇見的那個人；說得切實點，這人正是十二年前那個剖心而死的傢伙。真的！他已實踐了當初的誓言，竟從墳墓裡鑽了出來！

王俊熙在肺葉狂搧之下，整個軀體，似被投進了冰窖。一陣陣的冷汗從他每一個毛細孔中分泌出來，黏住了他的內衣。這一刻，他不知道憑著一種什麼力量，竟把癱軟的身子，撐在樓梯間，沒有跌落下去。

他的兩腿，被釘住在梯級上面，不知經過了多久——其實，只是絕短的片刻——只見樓梯口，又閃出了一片黑影，在心頭又一陣的狂跳中，細看，這婀娜的身影，是他的妻子佩瑩。

那個年輕的女人，向下一望，她吃驚得喊起來：

「呀！俊熙！你，你做什麼？」她急匆匆奔過去，費了相當大的力，把他扶上樓。她發覺他的手，冷得像一塊冰，而且全身震顫得那樣厲害。

到了臥室裡面，他的神魂略定了些。他妻子疑惑他是病了。但他竭力否認，只推說，精神偶爾有點不爽。他連連催促他妻子，把全室的電燈，盡數開起來。

那個年輕的女人，依了他的話，焦悚地望著他，感到莫名其妙。

平時，王俊熙並不很喜歡喝酒。這晚，在他妻子佩瑩溫柔體貼的勸慰下，痛飲了一個爛醉，醉後，整夜胡言亂語，這使他的妻子，受到了極度嚴重的惶惑與驚擾。

從這天起，我們這位聞人，已無法維持他的鎮靜。假使我們抄襲一句哲學家的話，那可以說：他顯然已由細微「量變」的過程中，進入於急遽「質變」的階段。

六　啊喲！那正是十二年前剖心處死的白蓮教妖人！

七

小紙人的一條腿軋在窗隙中，姿勢恰像要擠進窗子來！

在遇見那可怕的魅影之後幾天，不曾再發生什麼事。王俊熙的心頭，略覺釋然了些。可是，這不能說水面的旋紋已自此而止，不再有所擴展。

數天之後，王俊熙無聊地獨坐在憩坐室中的一張書桌前，在讀著一本書。靜寂中，突然覺有一縷難堪的臭味，刺進他的鼻腔——那是一種焚燒布質的臭味。依據世俗的傳說：大凡一個地方，無緣無故有這種氣息，那就是幽魂出現的徵象。但當時的王俊熙，最初沒有想到這層——他放下書，正待找尋這氣味的來源。一舉眼，劈面關閉著的兩扇窗，窗隙中有一件白色的小東西，在迎風飄舞。站起來看時，那是一枚白紙剪成的小紙人，一條腿被軋在窗隙中。那姿勢恰像全身用力要擠進窗子來。

這小東西幾乎使王俊熙的呼吸完全停止！好歹是在白晝。他硬硬頭皮，伸起震顫的手，把它拿了下來，細看：這小紙人約有三寸長。線條剪得非常生動，臂部的肌肉，隱然隆起。面部，另外描繪著五官。雖然筆調很簡單，可是怒目圓睜，宛然活的一樣；最駭人的是，這小東西的面目，分明就是十二年前那個剖心而死的人的縮影！

在紙人的眉心間，畫著三條細線，分明代表了那可怕的鋼叉紋；左耳還有一枚針眼大的細點，代表那顆黑痣。它的心口，塗著許多大大小小的紅點，那並不是紅的墨水或顏料，看來很像真的血漬，像在那裡淋淋漓漓滴下來。並且，這小東西的右手，還連手剪成一柄小尖刀，抓在手掌中！

一種莫名的緊張，充塞王俊熙全身的每一個細胞裡。他嫌惡地跳起來，把這可怕的小東西，憤憤地投進了壁爐。

這小紙人被投在一塊半燃的煤塊上，並不立時著火。堅韌的紙質，受到高熱度，起了伸縮性。他眼看這小紙人的上半身，在怒紅的火焰中突然凶獰地豎起，那條握有尖刀的小紙臂，痙攣似的徐徐彎舉，宛然向他形成猛襲的姿態。

同時，空氣中一陣陣帶有血腥似的焦布臭，還在他的鼻間飄拂。

他伸手撫著頭，亟待離開這緊張的氛圍。他昏亂地闖到門口，剛把那扇門開成一條窄縫，在這慌張失措之中，偏偏門外又有一種喘息似的呼吸聲，驀地刺上了他的耳朵！這聲音阻止了他開門的動作，在略一遲疑之頃他再急驟地拉開那門，向外一望，只見隔室空空洞洞，哪裡有什麼人？

當然，這詭奇的情況，使王俊熙在恐怖之上加了恐怖。

可是，這神祕的事件，還會越來越出奇地演變下去哩。

隔天，有一位來賓光降到我們這位聞人的府上。此人高高的個子，闊闊的肩膀。眉宇之間，呈露一種活潑好動的神氣。他是王俊熙商業上的學生，一個近三十歲沾染時代化的青年。同時，他也是這裡最熟稔的來賓之一，平時出入無阻，親密得和自己人一樣。他的名字，叫作邱仲英，而王俊熙的全家，都稱他為小邱。

這天，他是為送一份商業上的合約而來的。

因為那份合約的性質很重要，王俊熙接受以後，立刻預備把它收藏到銀箱裡去。他匆匆上樓，開了銀箱的門，忽然，他又白瞪著眼珠，呆怔片刻。

原來，這時他又聞到了那股特異的焦布氣。定定神，他回眼看到小邱正在身後。他不願讓他內心的憂怖，被人窺見。因此，他強自鎮定，裝作無事一樣，但，當他伸手把那份合約放進銀箱時，他的臉色，變得更為慘白，並且，他這沮喪的神情，立刻映射上了小邱的臉。

「什麼事呀?先生!」那青年關切而又驚疑地問。

「不關你的事!我有點頭暈。」王俊熙暴聲回答。一面,他揮手驅逐那青年,「你到樓下去,不要站在這裡。」

這焦躁的辭色,完全反常。那青年只得困惑地,依遵他的命令。小邱方旋轉身子,忽又聽到背後緊張地喊:「小邱,你就在房門口等著我,不要走遠!」

王俊熙慌張地回到銀箱之前,他伸起觸到了流電似的手指,在銀箱內拈出了一件小東西——又是一枚與之前完全同樣的小紙人——同時,他發覺這銀箱裡,有一點東西,是被翻動過了:

在一隻專放股票公債的抽屜裡,少掉了二十一張每張票額一千元的六厘公債券。奇怪的是,這抽屜內卻飛來了一大卷的鈔票,這一卷鈔票,自十元券起,至一分的輔幣券都有。數一數,共是七百八十一元一角六分。

銀箱的另一部分,一包原放著的鈔票,也有著相同的奇怪情形。在那個紙包裡,本有十疊簇新的聯號鈔票，每疊十張，每張百元，總數是一萬元。原是厚厚的一大包，而此刻卻變作了薄薄的一小疊。原有新的百元票，只剩下了五張。奇怪！這裡也多出了四張十元和一張五元的票子。總數由一萬元，變成了五百四十五元。

呵！銀箱裡是失竊了！那個賊，真客氣哪！他偷走了兩大批整數，而又找出了兩注零數。賊偷了錢，還找出錢來，真是曠古未有之奇聞！但，這是什麼意思呢？

王俊熙目定神迷，陷入夢遊的狀態中。

正自發怔，那一陣陣有血腥氣的焦布臭，又在他的鼻邊，若有若無地撩拂。同時他忽然發覺，在那幾張多出來的鈔票上，隱隱都染有血漬，因這鈔票上的血漬，他陡然想到，一萬元減去五百四十五元，豈不等於九千四百五十五元。呀！這正是十二年前他在床下所取得的那注血浸過的鈔票的數目！——照這樣看，另外那注公債的被竊，其中也有相同的深意。也許，那算是抵償當初那些現洋、金飾與珠寶的代價嗎？——他不想上面那個印象太深的數字還好，一想到後，他的神魂，又整個被驅進了恐怖的境域！

但，他的頭腦，畢竟是冷靜的。雖在昏惘之中，並沒有完全喪失他的理智。細細再一想，他感覺到眼前這件事，分明大有蹊蹺。他想：一個鬼，難道真會驅遣一枚紙人，到銀箱裡來，搬運東西嗎？——自己在十二年前，所製造的故事，那不過是騙騙人的玩意哩，紙人真會活嗎？——倘說不是鬼，那麼，一定有什麼人，在暗中搗鬼了。但，什麼人在搗這活鬼呢？能取到這銀箱鑰匙的可能，只有一個人，那不是別人，正是自己的妻子佩瑩。難道這公債與鈔票，會是她偷的嗎？不過，佩瑩素來非常節儉，她有什麼事，需要這數目相當大的款項呢？即使她有意外的需要，盡可以開誠要求，何致於偷竊？就算是她竊取了這公債與鈔票，她為什麼還要鬧出這可怕的小紙人的把戲來？況且，這失竊的事還牽連著鬼魂出現的事件。如說是人鬧的把戲，這需要一個相當精密的設計。至於佩瑩，識字既不多，頭腦又很單純。一來，她既沒有鬧這把戲的理由；二來，她根本沒有這種弄巧的聰明。進一步，若說幕後另有主使的人，主要是，自己十二年前的隱事，絕對不曾向任何人——連佩瑩在內——泄露過半句話。誰會知道那小紙人的故事？誰會那樣清楚地，知道那筆鈔票的數目呢？

更主要的是，自己曾兩度親眼遇見那個十二年前已死去的傢伙，那絕對非人力所能假裝出來的。單看這一點，無疑地，這銀箱裡的事，真是鬼在作祟了！

真是鬼作祟的話，這一次，它既來索取了九千四百五十元的鈔票，又搬走了一注公債，抵償當初鈔票以外的現洋金飾與珠寶。料想下次再來，那一定要來索還祂的那條命了！

他越想越怕，簡直不敢再想下去。

這天，當他惶惶然逃出那間空虛的屋子時，他臉上那種可怕的灰敗，連帶使守候在室外的小邱，也驚嚇得發了呆！

可怕的事接續而來。在上述的許多事件之後，他又兩度發現那染有血漬的小紙人：一次，發現在一本放在案頭的書裡；另一次，這可怕可厭的小東西，竟鑽進了他內衣的袋裡。並且，每次發現這東西，事前事後，老是嗅到那種帶有血腥似的焦布臭味。在臭味散布得最厲害的一天，他又一度親自遇見了那個鬼！

這一次遇見，時間，是在一個微微有霧的早晨，地點，是在園子內的玻璃花棚間——當時王俊熙在花棚內，那個鬼卻在花棚外——只隔一層花棚的玻璃，在徑寸的距離間，面對面地他又看到了那個剖心而死的傢伙！

那個鬼，這次已「換了季」，不是前次遇見的裝束了。祂身上是十二年前雨夜到春華客店中去投宿時的衣服：頭戴破氈帽，身穿一件汙垢異常的黑布短襖——這布襖的肩部，有一大塊破洞，像開著一扇小窗。這種衣服上的特徵，至今仍在王俊熙的腦海中，留有一種一喚即起的印象——布襖以下，仍舊繫著一條與十二年前同式的藍布舊作裙，足部雖然看不見，料想一定也套著一雙滿沾泥濘的爛草鞋。祂一手拎著一個小布包。不是雨天，一手也拿著一柄破紙傘。

痛快點說吧！這完全是十二年前那套舊印板中重印出來的一幅畫！

在這一瞬間的會見中，那個鬼，張開了嘴，露出了焦黃的牙齒，贈予了他一個久別重逢的慘笑！——事後，王俊熙搜尋他一生的經歷，他覺得生平所遇見最喪膽的事，再沒有比這次看到鬼笑的事，更可駭更可怕的了。

而當時，他在嚇極反常之餘，反而瞪大了眼，向那個鬼，有了一次較長時間的怔視。因此，比較前一次，也看得更為逼真。他清楚地看到了那人眉心間的可怕鋼叉紋，也清楚地看到了那人左耳輪上那顆附有幾莖毛的黑痣。呵！什麼都看清楚了。

這不是當年剖心而死的陶阿九，是誰？

呀！鬼！鬼！鬼！白晝出現的鬼！還有疑義嗎？

八

噯！讓我懺悔，我一定要懺悔！

自此為始，有一種異樣的陰森森的空氣，似乎已把王俊熙的家，整個籠罩了起來。王俊熙的家人們，不久，都從王俊熙的臉上，沾染到了那種可怕的陰黯！但他們不明白，主人的臉上，為什麼會有這種反常可怕的神情？

在第三度遇見幽靈以後，當夜，王俊熙自覺他的體溫，有了越軌的現象；尤其是他在鏡子裡面，照見自己的面龐，竟已消瘦得失了形。可是，所謂聞人，他們常常是最珍惜著他們白晝間的名譽的，王俊熙當然也不能例外。他怕自己十二年前暗中所做的那件不名譽的隱事，被人探究出來，因此，他盡力撐住，不肯承認有病。甚至他有一種仁慈的心願，想超度一下那個冤魂，好讓祂早登仙界。但，為著同樣理由的顧忌，他也遲遲疑疑，並未付之實行。

當然，這一時期中，他在醫藥上的療養，不曾間斷過。他常年的醫藥顧問，是一位六十多經驗豐富的醫學博士，名字叫作夏志蒼。在一般社會上，有相當的聲譽。

夏醫師很明了王俊熙的病源，是由於一種憂鬱性的刺激而起，但苦於無法得知引起他憂鬱的原因，他只能盡力勸告他：多尋娛樂，以疏散緊張的神經。

這勸告是迅速地被接受了，但是，到哪裡去疏散呢？電影院，他根本不願再去；舞場，不感興趣。最後，由小邱建議：還是到茶室裡去解解悶。

他們在大東茶室，一連坐了幾個上午。王俊熙感到精神方面，鬆暢了許多。因為最近他所需要的是人多，白熱；所畏避的是空虛，冷靜，所以這地方，竟給了他一段短時間的安慰。不料最後一天，一個完全出於任何人意料之外的枝節，又突然發生了。

從那件神祕事件的本身而論，這一個意外發生的枝節，無異是一支神奇的手杖，因這手杖，才挑開了這幽祕曲折的暗幕。假使那天沒發生這意外的枝節，那麼這一件神祕得超乎人類理智所能想像的範圍以外的怪事，是否能在最短時間中，獲得全部的解答，那是無人能夠斷言的。

事情是這樣的——

這一天，王俊熙的精神較好，他和小邱，談得相當起勁。在他們隔壁座，有一個人，正自吸著一種土耳其煙。濃烈的煙味，不時在他們身後，一陣陣地飄送過來。

最近的王俊熙，由於內心間的極度憂懼，他潛伏的「歇斯底里症」，早已達於較深的階段，尤其那種杯弓蛇影的心理，隨時隨地，都有觸發的可能。當時，他嗅到了那股強烈的煙味，不知如何，竟引起一種錯覺：他又聞到了那種帶有血腥的焦布臭。於是，談得好端端的，突然，他竟瞪著兩眼，不自禁地高喊：「啊喲！祂又出現了！那個惡鬼，耳朵上有一顆痣！」

這神經性的喊叫，引起許多視線亂箭般的射到了他身上。尤其隔壁座有一個人，聽到這喊聲，立刻急驟地旋轉了頭。此人臉上，顯著一種與眾不同的驚詫——也許可以說，這是一種近於慌張的神色。

這個人，正是隔壁座吸著土耳其紙煙的人。這人身上，穿著一套暗綠而帶銀灰細條的整潔西裝，配著一條紫色的領帶。一頭菲律賓式的長髮和他腳下黑皮鞋的鞋尖，具有同等的光亮。驟眼一看，年齡還年輕得很。

當時，這一個吸土耳其紙煙的人，眼看小邱扶著王俊熙，在群眾的視線下匆匆走出了這茶室。這人召喚侍者，結了帳，挾著他的外衣、帽子，也匆匆跟隨了出來。

在路旁，這人掏出了他的懷中記事冊，他抄到了那輛新型汽車的號碼。

隔天，白日九點鐘時，在那座法式的洋房門口——這是王俊熙的家——前一後，來了兩個穿西裝的人。前者手內提著一個黑皮包，很舊了，這就是那位年老的夏志蒼醫師。後者，一手也拎著一個黑皮箱，有一副精緻的聽診器，和提手握在一起。這樣子，無異把一塊醫生的牌子，懸掛到了手上。

在踏上那光潔的階石時，後者忽趨前一步，和前者並了肩。他熟稔地招呼說：「夏醫師，你早。」

夏醫師先還沒有看到這個人，他一望這人手內的皮箱，暗忖：「王俊熙的病，一定有了變化。否則，為什麼又請了一個醫生？」

他還沒有開口，只聽後者自我介紹道：「我是余化影醫師。我的分診所，距離這裡很近哩。」

「久仰！」夏醫師隨口吐出了這兩個字。但實際上，他對這余化影的名字，正像對這人的面貌，一樣的生疏。

他們並肩進了門，王俊熙的家人，以為後面這一個年輕而陌生的人，是這老醫生的助手。

這天，王俊熙已是不支地睡倒了。在那間小皇宮般瑰麗的臥室裡，除了病人之外，另有兩人。一個是年約二十六七的少婦，鬈鬈的烏髮，並沒有梳整，身上僅穿著一件藍布旗袍。一張略帶憔悴的臉，薄施脂粉，顯得楚楚可憐——她的眉梢眼角，隱隱含有一種顰蹙的神情，表示她的心底，正被一件什麼不樂的事情打擾著——這一個衣著樸素的少婦，便是王俊熙的妻子佩瑩。其餘一個體魄壯健的青年，身穿一件灰色厚法蘭絨的袍子，那是小邱。

當一老一少兩位醫師踏進這間臥室時，病人正仰面看著天花板，低低地，在那裡自言自語。他的語聲，顯得柔弱無力，房中人都沒有聽清楚——或許是並沒有注意——他所說的是什麼？只有那個緊隨在夏醫師身後的余化影，一進這屋子，立刻目光炯炯，露出了全神貫注的樣子，而他的聽覺，似乎也特別敏銳。他已清楚地，聽到病人在喃喃地說：「噯！讓我懺悔，我一定要懺悔！」

實際，病人的神識，卻並不昏瞶。他一見這老醫生，立刻在枕上微微頷首，並低聲招呼：「夏醫生，早。」一面，他也像佩瑩與小邱一樣，凝注著老醫生背後的陌生面孔，有點訝異。

「哦！王先生，今天覺得怎麼樣？」這是這位老醫生每天照例的開場白。

接著，他便開始了照例的診察：他替病人量體溫，按脈搏，察聽著心臟。那位余化影醫師，卻在一旁幫忙料理。當他看到夏醫生從皮包中取出一管注射劑時，他急忙代他燃起酒精燈；又搶先把那針筒，小心消著毒。他的舉措，顯得熟練而敏捷，而他的態度又顯得極誠懇。

呵！代替別人，盡點可能的義務，這並不是件吃虧的事哪！當時，這一位不需要聘書而親自送上門來的助理醫師，在短短幾分鐘的時間內，立刻，他已使那位年老的夏醫師，留下了良好的印象。夏醫生感到這個「初出道」的余——余什麼醫師，態度謙和得可愛，很具有一般醫生從來未有的道德，這是難得的！

於是，他們閒閒地，開始搭談起來。

「病人的心臟很衰弱，他每夜失眠，這是討厭的事！」老醫生凝注著手內的針筒，把那液體中的空氣小泡，小心地射出。一面，目不轉睛地輕輕地說：「並且，他還有一些胃炎的現象。為此，我想冒一下險，試用一種百分之幾的『馬錢子』的溶液，和在我原配的方子裡。你知道，這是一種從國藥裡面提煉出來的東西，用得適當，對於他的腸胃，也許有點幫助。不過——」

老醫生皺皺眉，沒有說下去。

「是的！這東西的反應，有些討厭！所以，在分量上，我們必須鄭重考慮一下。」余化影醫師眼望著那老醫生的眉毛，立刻隨聲「和調」。他的聲吻，顯出了那樣的肯定而有經驗。而實際呢？也許，他自生耳朵以來，對這所謂「馬錢子」的名目，這還是第一次聽到哩。

夏醫師的診察完畢，開了處方，便匆匆告辭。但這位余化影醫師，卻還逗留在那裡，並沒有離開的意思。夏醫師以為這是王家另外聘請來的，當然，另外要診斷一下，他沒有說什麼話，走了。

夏醫生走後，余醫師告訴病者的妻子說：「夏醫生曾留下兩顆藥片，他囑咐，須等兩三小時以後，察看了病人的情形，方能決定要不要讓他服下。所以我必須留在這裡，守候一段時間。」

在這守候的時間中，這位年齡看似很輕的余化影醫師，在王宅樓上樓下的各個所在，東走走，西逛逛，一無拘束，毫不客氣。

他獨自走到工廠之前，和司機老李談了一陣子。他和保鏢曹廣南認了同鄉，又找著園丁張貴三，拉扯了幾句話。接著，他又和廚娘、小丫頭等等，各別說笑了一會兒。他的談話藝術，是那樣高明——幾乎像是挾有一種魔力似的——他能預測對方的個性與心理，而應付各種不同的狀況。他的談吐極風趣，真是談笑風生。不到兩小時吧？全宅的人，都已感到這位助理醫生，沒有一點架子，比那位古板的老醫生可親得多。

中午，王宅供給了他一餐極精美的免費午餐。他吃畢後，似乎感到不太滿意。因此，他從他的皮箱裡，取出了兩片不值錢的蘇打片，鄭重地，交給病人的妻子，送給病人服下，算是一種報酬。然後，他悠然地燃上一支土耳其紙煙，噴了幾圈，抹嘴，走了。

九

你對於速寫人像，有相當的研究哩！

第二天早上，將近八點鐘時，夏志蒼醫師的家裡，接到了一通電話，聲明是王家打來的。電話裡說：病人今天精神較好，此刻正預備去逛公園，診治可以暫停一天。

可是，一到昨天的老時光——九點鐘——那位余化影醫師，卻獨自拎著他的皮箱，溜到了王俊熙的家裡，他搖搖擺擺很熟稔地直走進了病人的臥室。

其時，臥室裡除了病者的妻子佩瑩和一名女傭以外，那位誠懇的小邱，也早已先到——這青年本在那家著名全滬的建華企業公司中，擔任會計主任的要職。最近幾天，為了關心他老師的病況，所以特地請了假親自前來照料——這時，他正躲在臥室一隅，親手調製一盞鮮牛乳，預備送給病人吃。他用一柄銀質的小茶匙，在杯子裡左調右調，調溶那沉澱的糖塊。他又把那小銀匙的尖，碰了一下他自己的舌尖，似乎在試這牛乳的溫涼。從這細密的伺候上，可以看到他們師生間密切的感情。

這青年一抬眼，看到余醫師進來，慌忙放下手裡的杯子說：「哦！余醫師，早！」

那個少婦的眼光，卻像要問：「夏醫生為什麼沒有來？」

只聽這余醫師高聲報告說：「夏醫生今天，因有兩個急要的出診，時間上有了衝突，所以讓我先來。」

他說完，便用演戲似的方式，開始替病人診察。在診察的時候，他聽病人嘴裡，仍像昨天一樣，喃喃低語。

余醫師一面開著「天書」似的藥方，一面，他忽向病者的妻子要求說：「對不起，王夫人，能不能請你們迴避幾分鐘，讓我施行一種較精密的診察？」

醫生的話等於命令。那女人雖然有點訝異，但沒有說什麼。那青年把那杯牛乳遞給了病人，他們帶著那名女傭，默默走了出去。

佩瑩與小邱，在對面那間憩坐室中，靜候了相當悠長的時間。咦！奇怪！所謂精密的診察，卻還沒有完畢。他們幾番走過去，試推那扇臥室的門，裡面竟下了閂，靜悄悄地，聽不到一些聲息。他們不明白，裡面在做些什麼？

足足等待了有九十分鐘以上的時間，這憩坐室的門外，起了一種輕輕的剝啄聲。接著——幾乎是同時的——這門很輕而又很快地自外推開，門口，露出了那位助理醫師的臉。其時，房中的一男一女，正擠在屋子的一角，低聲而密切地談著話。門開處，窗前一大片的影子，很快的一分為二，他們同時抬眼，只見這余醫師，一手拈著紙煙，一手插在褲袋裡，噓噓吹著嘴唇，悠然走了進來。他活潑的臉上，一團高興。

「哦！王夫人，我向妳報告——」他用愉快的聲氣說：「我看，王先生的病，短時間內會治癒。」

「謝謝你，余醫師，這都是夏醫生和你的功勞。將來我們真要好好的報答你們哩。」這少婦感激地說。說時，她的臉上，露著一絲特異的顰蹙。

「余醫師，你看，王先生的病，不會是神經病吧？」高個子的小邱插口。

「很有點像。」余醫師回眼看著這衣衫整潔的青年，「據我看，這是由於一種不可解慰的憂鬱而起的病。你們可知道，他有什麼憂鬱呢？」

「正是哪！夏醫生早就問過他，我們更不用說，但是，他無論如何，也不肯說哩。」佩瑩皺皺眉，接口回答。

「聽說，王先生近來，有點膽小?」余醫師噴了一口煙，他把一隻皮鞋的後跟，在地毯上左右旋動著。

「這——」佩瑩纖細的眉毛，又微微一皺。她只說了一個字，以下的答語，卻被小邱劫奪了去，只聽小邱接口道：「在最近幾個月內，我們這位老師，做過幾筆金子的交易，數額相當大，風浪，當然也大得嚇人!也許，他的病，這也是一種起因。」小邱這幾句話，像在和佩瑩說，又像在向這醫師解釋。

余醫師點點頭，表示接受。他說：「在他恢復健康以後，你們最好勸告他，多做一些怡情養性的事，譬如種種花，養養金魚，或者，畫畫，那都很好。」他說到這裡，似乎因畫畫的問題，聯想到別件事，他不經意地向這青年問：「哦!邱先生，有一次，我好像在『美專』裡，遇見過你的。你在那邊讀過書嗎?」

「沒有呀!你弄錯了。」小邱望著這醫師。

「可是你的靜物畫，畫得很好哪。」

「胡鬧罷了，千年難得玩一下，哪裡算得上畫。」小邱不經意地謙虛，但他的語氣，分明有點高興。

「你對於速寫人像，也有相當的研究哩。」余醫師語聲略略提高。

「呃嘿！」這時忽有半聲輕輕的咳嗽聲，擠進了雙方的對白，這是那年輕女人喉嚨的聲音。

「速寫人像？！」小邱向佩瑩掠了一眼，他發覺這醫師在提出以上的問句時，眼色有點異樣。立時他像察覺了什麼事情似的，遲疑了一下，用一種過分嚴重的口氣答道：「人像！我根本不會畫，我只會畫國畫，那——那是中國式的靜物畫。」

「哦！香蕉蘋果之類，是不是？」一串輕鬆而圓整的煙圈，從這醫師的口角間溜出來。這煙暈遮掩了他口角間一絲不易被覺察的笑意。

三人暫時靜默。房中充滿了沉寂，而這沉寂似乎帶有一點緊張的意味。

「讓我看看他去，那邊沒有人哩。」佩瑩嬌柔的聲音，首先打破了這寂寞。

「不必忙，王夫人！」醫師忽然走近那扇門，擋住了這年輕女人的去路，他說，「我知道王先生怕安靜。我已招呼了許多人去陪他。司機、園丁、湖州娘姨，還有小丫頭，大隊人馬都在臥室裡，請妳放心吧。」

醫師一邊說，一邊在衣袋裡，掏出一張紙片——這紙片的反面，潦草地寫著許多阿拉伯數字，像是一個相當繁複的乘法算式。正面，卻清楚地寫著一行字——他把這紙片，交給佩瑩說：「這是藥費，請妳核算一下，對不對？」

佩瑩把這紙片接到手裡，一看，立刻她點漆似的眼珠，露出了非常困惑的神色。她驚詫地喊：「呀！這是什麼藥？那麼貴？」

這驚呼聲把小邱吸引了過來。他湊近這少婦的身子，看時，只見這紙上寫著一行自來水筆的字跡道：

合藥費，九千四百五十五元

這一個含有神祕性的數字，使這青年的神色，迅捷地起了一種特異的轉變！足足有十秒鐘以上的呆怔，他才訝異地問：「余醫師，這是什麼意思？」

「我的意思是，有兩個——或者是兩個以上的人，他們『合』成了一種『藥』，他們共同取得了九千四百五十五的『合藥』費。」他從那少婦手內，收回了那張紙片，聳聳他的肩膀。

「我不懂！」小邱暴聲說。

那少婦的兩靨，泛出了一重白色。她悄然賞鑑著地毯上的花紋。

「你們都不懂嗎？不懂也好。我有一個很曲折的故事，預備告訴你們。我自己聽到這故事，也還不滿一小時咧。」醫師向這二人擺擺手，像主人招呼賓客似的說：「最好，請二位坐下來，靜聽我說。一聽，你們就明白了。」

十

我勸他把心頭要說而不敢說的話，盡量傾吐出來。

十　我勸他把心頭要說而不敢說的話，盡量傾吐出來。

當時，這一室中的三個人，他們的表情，是相當有趣的：

這年輕的女人，舉起她徬徨的視線，有點失措。而小邱呢，似乎已被這醫師凶銳的眼光所懾服，主要是，他不知道這一個言行離奇的傢伙，究竟是什麼人？他無端說出這種離奇的話來，又是什麼用意？他滿腹懷疑。最後，他終於局促地，退向房中半垂著窗帷的一角，占據了一張光線較暗的沙發。那女人，見小邱已先坐下，於是，她也在離對方很遠的一張沙發內，困惑地坐下來。她抽出了脅下的一方小手帕，下意識地反覆玩弄著。

兩人眼看這一位莫名其妙的醫師，把他的煙尾，隨便而又準確地，拋進了房角的痰盂，他又轉身掩上了門。然後，撈一撈褲管，取了一個舒適的姿勢，在近門一張坦背的軟椅內，悠然坐下。

房中三個不同型的人，坐成了一個不等邊的三角形。

這位余醫師的煙癮，相當得大。他不讓他的嘴角獲得較長的休息，接連又燃上了新的一支。在這暫時靜默的空氣中，他似乎在賣弄吐煙圈的技巧。他把一腿疊在另一條腿上，顫動著他光亮的鞋尖，噴夠了一陣煙，然後從容演述他的故事。他開始這樣說道：

「昨今兩天，我曾屢次聽到我們這位王先生，喃喃地，在說『懺悔』兩個字。我知道這裡面，一定含有一些動人的故事。於是，我特地製造了一個單獨和他談話的機會，準備用一種舌尖做成的鉤子，把他心底所藏的祕密，設法鉤出來。」

在濃烈的土耳其煙的煙暈中，只見對面一男一女，不安地默然凝視著他，傾聽下文：

「我向他說，我是一個可靠的基督徒，我勸他把我當作一位牧師，把心頭要說而不敢說的話，盡量傾吐出來。如此，方算真誠的懺悔。」

對面兩人，表現出緊張，好像要問：「那麼，他到底說了沒有呢？」

「他——王先生——起先不肯說哩。他堅持說，一定要向一個和尚懺悔。於是，我又用了一點手段，在恫嚇與誘騙相互的方式下，終於逼他吐出了真相：

「事情真是相當幽祕。他——王先生——說：距今十二年前，他在浙江省的一個市鎮上，當一家旅館的經理。有一夜，旅館裡來了一個投宿的人，他發覺那人是一名白蓮教的餘孽，會用白紙剪成活的小紙人，放出去，攝取小孩子的心肝。當時，他為代地方除害，立刻報告了當地的軍警，把這妖人，捕捉了下來。當場，他們曾在這人身上，搜到了幾枚剪成的小紙人，還有幾個幼童的年庚，寫在一張紅紙上——」

醫師說到這裡，一眼瞥見那個年輕女人的臉上，迅速地浮上了一絲淒楚的暗影；接著，他又見她微微一撇嘴，呈露一種輕鄙不屑的樣子。他不明白這女人的反應，是什麼意思？但他暫時不管，自顧自說下去：

「當時不知憑著一種什麼野蠻的法律，那個妖人，竟被判處了一個極端殘酷的刑罰，活生生地，被挖出了心肝！——據說是代那些被害的孩子報仇——而同時，那幾枚搜出來的神祕小紙人，也黏貼在那個死囚的胸口，很滑稽地說是，一同活活處死——」

說到這裡，他又發現那個年輕女人的眼眶裡，泛起了一圈紅暈。只見她藉著一個擠眼睛的小動作，迅速地偏轉臉去，用她的小手帕，抹了一下眼角。

這少婦以為她的動作，對方沒注意到；而這醫師也就裝作不曾注意。他又說下去：

「那個死囚，在臨刑之前，他曾發出一種可怕的毒誓。他說：『他死後，要從墳墓裡鑽出來，找到那個告密的仇人，向他清算血帳！』——」

醫師的話略頓，在紙煙的煙霧中，只見對面兩人，各自沉默無語。由於這故事的恐怖，似乎已使這屋裡的空氣，沾染上了一種特異的氣息。

醫師繼續說道：「那死囚在旅館裡，遺留一包財物，其中包括著金飾、現洋和一些零星的珠寶；還有一注鈔票，數目總共是九千四百五十五元——哦！王夫人，邱先生，請你們二位，注意這個數目！現在，我快要說到正文了——」

這醫師陡然又將話截住，他凝冷的視線，輪流逼射到這男女二人的臉上。接著，他用恬靜的口氣，說下去：

「那妖人死後，那包財物，便成了無主之物。於是，我們這位王先生，便不客氣地，悄悄把它沒收了下來。這事情一直過了十二年，並無一人知道。不料，到了眼前，竟有一種非常奇怪的事情發生了——最近，我們這位因仗義為眾除害的王先生，他在這屋內屋外，竟屢次遇見了那個十二年前已死去的人！同時，他還在各間屋子裡，發現了好幾個沾有血漬的可怕小紙人！以上，便是他憂懼成病的原因，而他所要懺悔的，也就是這一件事——」

「哦！你們別性急，奇怪的事情，還在下面咧！——」

「不多幾天之前，王先生又發現那個染血的小東西，竟鑽進了他的銀箱！並且，那銀箱裡失竊了！被竊的東西，共有兩注：其中一注，是二十一張每張一千元的六厘公債券，總計價值，共是二萬一千元。這不算可怪，可怪的是：那個竊賊，在竊取了這公債之後，卻很客氣地，留下了一些帶有零數的鈔票——這像一個店家，收受了買客整數的款子，而找出了多餘的錢——哦！讓我看，這找出來的鈔票的數目，是多少呢？——」

他把剛才那張紙片，重新掏出來看了看，接下去說：「那遺留的數目，共是七百八十一元一角六分。真奇怪呀！那個賊，偷錢還偷出一種花巧來。他搬走了這樣一個不整齊的數目，卻是什麼意思呢？」

醫師暫時停住話，他把一種疑問的眼光，緩緩輸送到對方兩人的臉上，似乎在靜待他們的解答。但這一男一女，卻依然沉默無語。於是，他只得自己回答道：「關於這，我們姑且放在一邊，停一停再說。現在，且說另外失竊的一注，那另一注，是在一萬元整數鈔票內，偷剩了五百四十五元——一萬，減去五百四十五，該是多少呢？這數目，方才我已經說過，二位也早已知道了——」

他吸了一口煙，不等對方開口，接連著又道：「據王先生的意見，認為這失竊的兩注錢，自然是那個鬼，差遣那可怕的小紙人，特來搬運走的。他想到了過去的那件事情，害怕得了不得。因而他，連帶對這失竊的事，也絲毫不敢聲張——」

「以上的故事，便是王先生即刻告訴我的。這故事，真是非常詭異——但是這裡面，卻有些耐人尋味之處咧。」醫師擠擠眼，發為一種俏皮的聲音道：「你們想吧，那個鬼，不到錫箔莊上去偷錫箔，卻到人家銀箱裡來搬公債鈔票，不是太幽默

十　我勸他把心頭要說而不敢說的話，盡量傾吐出來。

嗎？如果真是鬼的話，我們不是王道士與張天師，那是不用說了。不過，我們不妨姑且假定：這事是出於人為，那麼我們可以探討一下，這人而鬼的傢伙，究竟是誰呢？——」

「王先生對於這一點，也曾有過一小片的疑雲，在他腦內閃現過的。他認為，能拿到那枚銀箱鑰匙的可能性的，只有一個人，那就是——」

話陡然截住，他把一種冷峭的眼光，掠到了那個女人的臉上。

「是誰！？」那女人緋紅著臉，銳聲問。

「——是妳！」醫師用冷峭的語聲，完成了上面未完的語句。

「是我！是我！這是狗咬人！夢話！他有神經病，難道你——你也有神經病嗎！？」這年輕女人憤怒地從椅內站起來，她完全喪失了先前那種溫文嫻靜的體態。

十一　你是什麼人？你有什麼權利，干涉這裡的事？

這時，那個默坐在光線較暗處的小邱，頸間的動脈，呈露了明顯的賁張。那樣子，分明也已達到了無可忍耐的地步。他欠欠嘴，似乎想要插口說什麼，但最後，卻又不說。

只聽這醫師又冷然說道：「噯！王夫人，我勸妳平平氣，靜聽我說完。我的話，不過是假定罷了。」他把一種強制似的眼光，逼射著那女人緋紅的兩靨，他似乎警告她說，「嘿！知趣些，還是請妳坐下來。」

那女人，似乎經受不住這種嚴冷眼光的壓迫。只見，她像用力扔掉東西似的，把她的軀體重新扔回了原座。

「哦！王夫人，我們姑且假定：那隻銀箱，是妳開的。但是——」醫師的目光仍舊緊逼著這女人，續道：「但是單憑妳一個人，絕不能做成那樣的事。幕後，至少有一個以上的同謀，幫忙設計。至於那同謀的人，不用說，當然是一個和這裡有著密切關係的人。」

小邱的呼吸，又加急了些。在語聲略頓中，能清楚地聽出來。這時，他乾燥的嘴唇，又牽動了一下。

醫師不等這青年有所表示，他接連著說他的下文：「於是，我想到了王先生說起的那些神祕的小紙人——王先生在陸續收到那些奇特的贈品之後，他曾保留著一枚。然後，他指示我收藏的地方，我拿出來看過——」

小邱睜大了眼，聽他用一種譏諷式的讚美，喝采似地說道：

「嘿！好！這小玩意真不錯哪！那線條，筆意，剪繪得那樣生動，令人一望而知，這是出於一個具有繪畫天分的人的手筆。也許，這正是那位設計家的得意之作咧——我們固然不能確定地說，這東西，一定是出於那個同謀者的親手繪製，但是，從多方面想，出於那人親手繪製的可能性，似乎也很多哩——」

醫師說到這裡，他竟毫不客氣地，向這青年開始作正面的攻擊道：「邱先生，我認為你，很有這同謀者之一的重大嫌疑。所以，剛才我曾繞一個大圈，用話探試你，是否會畫畫？——多謝你，居然很率直地告訴我：你果然是會畫畫的。」

那青年再也耐不住了，緊握著拳頭，在那張沙發的靠手上，用力猛叩了一下。他像彈簧般從椅內直彈了起來，盛氣地說道：「我已經告訴過你，我並不會畫人像！你的耳朵聾了嗎？」

他又用力補充說：「你打聽打聽任何人，哪一個說我會畫人像？」

「是呀！沒有人說你會畫人像，所以你才敢放膽畫呀！」醫師聲色不動，依然冷峭地說：「而且，我在探試你的時候，我早已準備好，你會告訴我：不會畫人像。」

那青年鐵青著臉，一種急驟的喘息，阻梗住了他喉嚨間的語句。

只聽醫師又道：「會畫人像與否，這是一個絕對無足輕重的問題。是不是？哈！邱先生，假使這裡面，沒有一點幽祕的關係，方才你的語氣之間，為什麼那樣重視這問題呢？」

「你不能憑你的舌尖，隨意壓死人！」青年努力鼓動著他的勇氣，又努力囁嚅著說。

「嘿！你想訛詐我們嗎？」一旁怒氣沖沖的佩瑩，她忽然想出了這樣一句無理由的妙句。

醫師不理他們的話，他自顧自靜靜地吸著他的紙煙，又自顧自靜靜地說道：「喂！證據還有哩。我說過，要做那個同謀者，必須具備幾種條件。第一：那人和這裡，關係必然很密切；第二：那人會畫人像。除此以外，還有第三——」

醫師又從他的衣袋裡，掏出了方才那張紙片，拿在手裡說：「據王先生告訴我，那銀箱裡，除了被竊的六厘公債之外，另還有許多別的股票與債券。那個偷的人，他不看中別的，卻單單選中這些眼前市場上面比較吃香的六厘債券。由此可見，這個人，必是熟悉公債市況的人。你看，這一點，也是一個線索吧？」

他頓了頓說：「就說這一個線索，並不十分有力，但是，還有哪。」他看了看手中那張紙片說：「我曾說過：那銀箱裡，失竊了二萬一千元的公債，而多出了七百八十一元一角六分的鈔票。所以，計算實際的損失，應是二萬零二百十八元八角四分。那個偷的人，他搬走了這樣一個參差不整的數目，當然，他一定也像搬走另一注九千四百五十五元的鈔票一樣，其中必然含有相同的深意——我們王先生，他是被那個活鬼嚇昏了，他無法思索其中的理由——可是憑我笨拙的腦力，細細一計算，方知這一個奇怪的數目，正是根據九千四百五十五元的數目而來的；換句話說，這數目正是九千四百五十五元的十二年的利息，那是依長年一分的利率，而用複利計算的。於是，線索又來啦！由此，我們可知，那位同謀者，他還是一個會算複利的會計人才咧！」

醫師說到這裡，他把仰倚在那張坦背椅子上的上半身，仰直了起來。他向那個青年聳聳肩膀，扮了一個鬼臉說：「好！讓我把這同謀者的條件，總結一下吧！第一：他是一個和這裡關係密切的人；第二：他是會畫人像的人；第三：他是熟悉公債行市的人；第四：他又是一個會算複利的人。呵！條件太多啦！——」

他又閃動著眼珠，把聲音放得和緩一些說：「而你——邱先生，恰巧完全具備以上的條件，一件也不缺少。若說是湊巧，那真未免太湊巧了！哦！邱先生，關於我的話，你有沒有什麼意見要提出？」

醫師一口氣，說完了這一大串話。他把那張紙片，收了起來。一支新的紙煙，拈上了他的手指，他把那支煙，在那只精美的煙盒蓋上，輕輕敲了一陣，並掏出小巧的打火機，預備取火燃上。他的態度，顯得那樣悠閒；而相反的，小邱的神情，卻顯出了緊張。只見他面紅耳赤，不發一言。那種懊喪的態度，明明表示著，他已經吃到全軍覆沒的敗仗，無復重振的餘地。

站在同一條戰線上的那個年輕的女人，她見她的同盟受到了這樣猛烈的攻擊，不自覺間，露出了一種憐惜的神情。同時她自己的臉色，也呈露出了相同的窘迫。

在幾秒鐘的猶豫之後，那青年似乎鼓起了反攻的勇氣，他忽從另一條路線上，向這醫師進襲道：「你是什麼人？你有什麼權利，干涉這裡的事！？」

「一個醫生，眼看他的病人，將被人家送進殯儀館或瘋人院，難道他沒有權利干預嗎？」醫師悠然地這樣反問。

「你只是一個醫生罷了，你不是官，你配管我們的事嗎？」佩瑩仗著小邱反攻的聲勢，她也鼓起了勇氣。

醫師不理這女人的話，他只向小邱說：「你問我是什麼人？這我應該向你聲明一下——你記得嗎？兩天前，你陪著你那位老師，在大東茶室喝茶，而他無緣無故，忽然高喊：『啊喲！他又出現了，那個惡鬼，耳朵上有一顆痣！』當時，他這神經性的呼喊，使我大大吃了一驚咧——」

那僵挺挺站著的一雙男女，不明白他這話的含意。他們只能怔視著他，靜待他的解釋。

「當時，這為什麼要吃驚呢？」醫師說，「說起來是有些慚愧的！在我的生命中，不幸，我常常被許多人，尊稱我為一個惡鬼，並且，我的耳朵上，恰巧也有一顆痣。所以當時，我誤認為你的老師，已揭破了我的面具——你須知道，我的面具，也像社會上的所謂聞人偉人們一樣，那是萬萬不能讓人揭破的——這便是我吃驚的理由。而同時，我怎麼會參與你們這齣好戲的原因，你們也可以明白了吧？」

醫師說時，再微傾他的身子，略略側轉了頭。他伸手指著他的左耳，讓那青年看。

小邱向前走幾步，他把眼光湊近，只見這醫師的左耳輪上，果然有一顆綠豆大的痣，鮮紅得像一顆小火星。

奇怪哪！這小小的一顆紅點，它的魔力，竟相等於天文家望遠鏡中所發現的一顆新彗星。同時，這小東西一映上了小邱的眼膜，他簡直像王俊熙看到了那個鬼魂耳朵上的黑痣，一樣的害怕！

這青年瞠直著他駭愕的眼，一種驚怪的語聲，運輸到了他的舌尖上：「你！」

「噓噓！」醫師急忙伸起兩個指頭，掩著他自己的嘴唇，裝出了一種詭祕害怕的樣子說：「哦！說出來是無味的，反正，看了我這善良而誠實的招牌，大概你已明白我的為人。所以，最聰明的辦法，還是請你們，向我說實話。」

他又向這一男一女，溫和地擺擺手，意思是招呼他們坐下。那青年反覆地在他的臉上，端詳了一會，無可奈何地，退回了靠窗的坐位。那女人，雖然不明白小邱那種突然驚怪的理由，但她也困惑地，第三次又坐了下來。

十一　你是什麼人？你有什麼權利，干涉這裡的事？

十二　那麼讓我來說明，好不好？

醫師看這兩人坐下之後，他又恢復了那種骨節鬆弛的樣子。他先打了一個呵欠，再把他的視線，挪到這兩人的臉上，輪流兜了兩圈，然後懶洋洋地說：「問題是要逐件解決的。第一點，請你們先告訴我：誰拿了這銀箱裡的公債和鈔票？」

他的眼光，先停留在小邱的臉上。

「……」

「請說呀！」

小邱抬了抬眼，立刻又沉下頭去。這時像有一種舞臺上的燈光，打到了這青年的臉上：只見他的臉色，紅了泛白，白了又泛青，最後，卻變得非常灰敗。

那女人偷看到小邱這種難堪的神情，她躊躇了一下，忽然鼓起了勇氣，銳聲說：「錢是我拿的！」

「好！」醫師點點頭，故意把語聲放得很緩和，「妻子拿丈夫的錢，那是平常的事。」

「不！錢是我拿的！」小邱終於被迫開口了。

過失。」

「好！」醫師又點點頭，「一個學生偶因急用，向他老師暫時挪移一下，那也不算

「不是他，是我！」

「是我，不是她！」

由於一種情感的衝動，這二人似乎已忘卻了他們眼前所處的尷尬地位。他們變得那樣慷慨，各自盡力把那偷錢的責任，硬攬到自己身上去。

「哈哈！我看二位的感情，很像一杯法式咖啡哪！」醫師彈掉一點紙煙灰，笑笑說。

一朵新的紅暈，迅速地飛上了這女人怒紅未褪的腮間。

小邱聽到這話，第二次又提起了火。但，他望望對方耳朵上那顆小紅點，他只在他的鼻孔裡，輕輕「哼」了一聲，宣泄了他的怒氣。

「你們為什麼要拿那公債和鈔票呢？」醫師望著小邱。

「當然，為了有急用。」小邱強壓著他的情緒，沉吟了片晌。他向那扇虛掩著的

門，掠了一眼，用輕細而帶懇求的口吻說：「如果——如果你真肯代我守祕密，我可以把實情告訴你。」

「你記清楚——」醫師又指指他自己的左耳說：「在耳朵上，有一顆紅痣的人，他便是一個最善良最誠實最守信用而又是最肯守祕密的人，你放心吧。」

「好！那麼，我把實話告訴你——」小邱用一種富於情感的聲音說：「的確，那公債鈔票都是我拿的。因為近來，我也做了一點『生意』，虧得很大，無可奈何，才出此下策。」

「這也許是實話。」醫師點點頭，「但是，我要請你說得詳細點。」

「那銀箱裡的公債和鈔票，實際上，我是分兩次拿的。第一次，我只拿了鈔票，但是，還不夠彌補我的虧損。所以，第二次我又拿了那注公債券。」這青年說到這裡，他向佩瑩看了看，卻用一種熱烈的聲調，義形於色地說：「一人做事一身當！請你不要把偷錢的罪名，加到佩——哦！加到我師母身上。」

這位年輕的「師母」，紅漲著臉，她剛待發聲，但她的話，卻被醫師的眼光攔住了。只聽這醫師向小邱說：「我想，第一次你拿鈔票的時候，已經注意到那注六厘公債。所以，你們第二次開那銀箱時，預先已預備下了七百八十一元一角六分的找數，順手放了進去。我的意思，是表示清算九千四百五十五元的十二年間的利息。是不是？」

小邱紅著臉，微微頷首，沒有說話。

「但，這一招，是含有一點危險性的！」醫師說：「如果你們那位王先生，他能細細想一想，他從核算複利的一點上，也許會很容易懷疑到你，難道你沒有想過嗎？」

那青年沮喪地低著頭，仍舊沒有發聲。

「依你這樣說來，那麼，你們是專為需要錢而拿錢的。哦！這裡面，沒有別的副作用嗎？」醫師又這樣問。

「我不懂你這話的意思？」小邱猛然抬頭。

「如果你們專為錢而拿錢，那麼，拿到了錢就算了。為什麼要在銀箱裡，留下一枚可怕的小紙人？」

「這是傻話哩。」那女人似乎忘了神，她忽搶著插嘴，「誰都知道，俊熙的性情，那樣吝嗇。倘然銀箱裡，無緣無故地丟掉了那樣多的錢，他肯不聲不響，默忍下去嗎？」

「妳的意思是——」醫師掉轉視線向著這女人，「他見到了那枚可怕的小紙人，他就不會聲張查究了，是不是？妳憑什麼理由，才這樣想呢？」

「……」她猶豫了一下，好像已在懊悔她的插嘴。因此，她也局促地沉倒了她的頭。

「請說呀！」醫師只顧催促著。

「因為最近，我們——」她被逼無奈地回答。說到我們二字，急急改口，「因為最近，我在無意中，知道了他的隱事——就是他向你懺悔的那件事。」她和那青年交換了一下眼光，遲遲疑疑這樣說。

「你怎麼會知道他的隱事呢？據他說，在今天之前，他從沒有在任何人面前，泄露過半個字哩。」醫師追問下去。

「告訴你也不要緊！」這女人因為對方步步進逼，語聲透露著憎惡。她說：「有一天——」她想了想：「約莫距今已有十多天了吧？他從外面回來，站在樓梯間，瑟瑟發抖。當時，他的臉色非常難看，好像害著急病。就在那夜裡，他喝得大醉。在爛醉中，說出了十二年前那件悽慘怕人的事。但是說過之後，在第二天上，他都忘記了。此後，我又用酒灌醉了他一次，漸漸騙出了實情。」

醫師一邊用心聽，一邊猛吸著他的土耳其紙煙。

那女人忽又自動解釋道：「我有心灌醉他，並沒有什麼惡意，因為我很擔心他的病況，只想藉此探出他的病源來。」

醫師點頭表示同情，他喃喃自語似的說道：「是的，王先生曾告訴我，在樓梯上嚇得發昏的一天，正是第二次遇見鬼魂的那一天——他還記得，那是一個星期五的日子咧。」

醫師說後，他閉上了眼，沉思片刻。他猛然睜大眼珠向這女人問：「喂！那個扮鬼的角色是誰？」

「咦！什麼鬼不鬼？我不知道呀！」這女人呆了一呆，繼而又想了想，最後，勃然這樣回答。

「噯！妳大概知道的。」醫師冷冷地說。

「我不懂你的話！」

「妳一定懂的，我想。」

「我——我不知道！我不知道！」這女人的聲音起了水浪般的波動，但她的神色，卻顯得非常堅決。

醫師無奈，他把視線移轉到了小邱身上。他說：「邱先生，我想那個鬼，絕不會是你所扮演的吧？」他又解釋說：「若說一個人，單單憑著一種化裝的作用，或是套上一個面具，就能幻出另一人的面目來，這是小說或戲劇上的夢囈！我是絕不會相信這種夢囈的！那麼，還是請你說明：那位鬼先生，是誰？」

小邱感到無奈，他用一種徵取同意的眼光，痛苦地看著佩瑩。他見她紅漲著臉，並無表示。於是，他也仿效了她的聲吻，回答說：「什麼鬼不鬼？我不知道呀！」

「你當然知道的！」

「你說的話，我完全不明白！」

「不錯，當時你替那位鬼先生寫照，你忘卻了請教他的尊姓大名咧。」醫師向這青年擠擠眼，說出了這樣一句幽默的諷刺話。

說著，他又悠閒地吸著他的紙煙。他沉著的臉色，被籠罩於繚繞的煙暈之後，特別顯得神鬼莫測。這時他靜靜地想：還好！重重的暗霧，一小半，漸漸吹散了。那神祕的小紙人，那銀箱裡被偷竊的錢，總算有了著落。現在，只要把那位鬼先生的來歷，設法追究出來，那麼，這事情的暗幕，也許可以全部揭開了。

他繼續想：不過，看眼前的情形，這事情，還需要費掉一點小小的唇舌咧。好吧！讓我改換一條路線來試試……

想到這裡，他徐徐睜開了半閉的眼，用一種懶怠的聲氣，向那男女二人說：「如此，你們對鬼先生的事，都不肯說了。是不是？」

說時，他又打了一個呵欠，只見對方男女倆，都低著頭，絲毫沒有反響。局勢成了僵持，談話暫時停頓。就在這一種極短促的緊張死寂中，忽然有一個破空而來的語聲，突然地，從另外一個角度裡，陰森森地接口說：「那麼，讓我來說明，好不好？」

十三　你殺死了我的父親！你謀奪了我父親的財產！

室中僵持著的三人，同時迅捷地舉起了驚詫的視線，只見那扇被推開了尺許寬的門，門口魅影般地出現了一個人。那人身上，穿著一襲並不曾穿著整齊的黑緞繡花的睡衣，手裡拄著一支粗粗的手杖。那人的面目，相當的可怕：兩條濃而粗的眉毛，幾乎皺成了一線。一雙細小而透凶光的眼珠，正閃爍於深凹的眼眶之中。在他高聳起的顴骨以下，那臉的下半部，形成了一個上豐下銳的錐子形。

這第四名登場的角色，不是別人，正是那個神經錯亂的病人王俊熙！

病人搖搖晃晃走進門來，他把他失了重心似的身子，支撐在手內那支橡木手杖上。他先不說話，卻將一種凶獰如同一頭餓虎似的眼色，射到了佩瑩與小邱的臉上。那神情，簡直像要把這一男一女整個活吞下去，方始甘心。

在這完全出其不意的局面之下，房內的一雙男女，先是大大吃了一驚。在一秒鐘的猶豫中，他們立即感覺到他們所處的局勢。當時，那個青年的後腦骨上，似被壓上了沉重的鉛塊，只見他的頭，逐漸地，在那裡一分一分，低沉了下去。

而這少婦呢，她的兩靨，好像將要滴下鮮紅的水漿來。她失卻了媚意的眼珠，失神地死盯著腳下的地毯，她似乎在默祝那條毯子，快快變成「月宮寶盒」中的神毯，好把她的身子載起來，快快從窗子裡破空飛出去。

病人把這一種神經上的酷罰，加在這男女兩人的身上，而他自己的神經，似乎感到了一種寬暢。他回轉身，關上了那扇門。想了想，他又俯身插上了閂。然後，他暫時收起怒眼，愉快地向那醫師招呼。

「哦！余醫師——」他用興奮的聲調這樣喊著。他的樣子，雖是那樣枯悴，而他的語聲，幾乎已和無病的人們一樣。他說：「憑你輕輕的幾句話，竟掃清了我胸頭的疑影。你看，我的病好啦！我真不知道，我要怎樣感謝你才好？」

「我的提議怎麼樣？」醫師從坦背的軟椅裡，略略抬起他的身子，似乎感到很高興。

「真聰明！」病人蹺起一隻拇指。他走向醫師那裡，緩緩坐下來。他把那支手杖，倚在身旁說：「你向我提議，細細盤問一下那些下人們，在最近，有沒有什麼陌生人物，瞞住了我，常在這裡走動？這真是一個聰明的辦法！」

「結果怎麼樣？」

「我把那些的下人，逐一喚到我的臥室裡，逐一向他們細細地盤問。幾乎問到了一半的人數，他們都推說不知道——哼！他們明明是不肯說哪！」病人又舉起他的怒目，在佩瑩臉上橫掃了一下。他高聲續說：「後來，問到秋蘭——那個十四歲的小丫頭——她居然被我嚇出來了。」

他說時，格格地發出了一陣神經性的怪笑。

「哦！」醫師敏銳的眼角裡，閃動著期待的光。

「據秋蘭說，在最近一兩個月中，果然有那樣一個人，鬼鬼祟祟，常在這裡出入——這人像是太太的親戚——那是一個不要臉的人，很窮，常常來借錢，所以太太囑咐我們，萬不能讓主人知道——

「根據了這小丫頭的話，我計算日期，我在樓梯上遇見鬼的這天，那個活鬼，他是來過的。秋蘭說，當時他還曾向我們這位好太太，要去了一包舊衣服——是呀！我看見的，那傢伙的脅下，挾著一個包——」病人又惡狠狠地連聲說：「好啊！不能讓我知道！不能讓我知道！哼！鬼戲！」

「那麼，這個人，究竟是誰呢？」醫師打斷了他的恨恨聲。

「這要問她呀！這要問我們這位好太太哪！」病人那雙細小而可怕的怪眼，又猛襲上了佩瑩的臉。

那女人喘息著，不發一言。她只下意識地，使勁磨擦著手中的小手帕，那條不幸的薄薄的綢子，幾乎被她揉出一個洞來。

「好呀！妳不說話，裝死！那就算了嗎？」病人只管咆哮，「好好的人不想做，偏偏要做鬼！那個活鬼是誰？妳說！妳說！妳說呀！」

那女人似乎經受不住那種難堪的侮辱，她猛然抬起頭來說道：「那是誰？告訴了你，不怕你會吃掉我！那是我的哥哥。他來走動一下，那也犯法嗎？」

一旁的那位醫師，聽到了這話，眼光立刻一亮，他微微點著頭。

「唷！妳的哥哥！」病人似乎感到一呆。接著，他又冷酷地譏刺道：「哦哦！我倒不知道，妳有這樣一位體面的令兄哪！恕我失於招待，不勝抱歉之至！喂！我的好太太，我們是至親，妳為什麼不替我們介紹一下呢？」

「嘿！那是用不著的！他窮，你有錢，高攀不上。」

「哦！他窮，我有錢，高攀不上！不錯，這話說得有理。不過，他既知道高攀不上，為什麼常在我的眼前，白日裡出現呢？」

「做哥哥的，來探望一下妹子，那也犯法嗎？」

「是呀！做哥哥的探望一下妹子，那並不犯法。不過，你們串通著，那樣裝神弄鬼，嚇人！那也並不犯法吧？」病人說到「你們」兩字，眼內的怒火，卻像橫飛的流彈，連帶波及了那個蜷縮著的小邱。

「唔——唔——呃——」這時，有一種要想遏止而不能的二期肺病似的乾咳聲，從這房內光線較晦黯的一角發出。——這是小邱喉嚨間的聲音。他像一頭五月裡垂死的病狗，不時伸著舌尖，舔著他乾燥欲裂的嘴唇。

「我——我們曾嚇過你嗎？」這是佩瑩答辯的聲音。她的聲帶，分明有了顯著的變異，但她卻還勉強支撐著她最後的壁壘，不願立即移轉陣地。

「還說不曾嚇我！還敢說不曾嚇我！你們——你們串通那個活鬼，扮成了十二年前那個死鬼的樣子，當面向我搗鬼，還說不曾恐嚇我？！」一種無可遏制的盛怒，使這病人，完全忘卻了多年來的顧忌。他一面怒喊，一面顫巍巍地作勢，好像要從椅子裡站起來，撲向那個女人的身上去。

此際，房中唯一鎮靜的人，卻是那位言行奇特的醫師。他本來是仰著臉，取了一種懶惰的姿勢，平穩地靠在那張舒適的坦背軟椅內，露出躺在理髮椅上靜待修面的樣子。他的神態，簡直表示出：即使地球翻了身，與他也完全不相關。至此，他感覺到這房內的「火藥味」，已增加到了相當嚴重的程度。他覺得他已不能再維持他的鎮靜。於是，他微微抬起了他疲倦似的眼皮，發出一種冷水似的聲音澆向那個病人頭上去道：「嗳！王先生，最好請你平平氣，靜靜地討論。夏醫師說過，你不宜發怒，一發怒，你的血管，很有爆裂的危險哩！」

呵！這劈頭一勺冷水，超過了任何最有效的滅火器！當然，一個有錢的人，他絕不肯把他自己的血管，看得像一頭豬的血管那樣輕賤的！因此，這醫師輕輕一句話，馬上有了意想不到的效驗。只見病人掉轉了他細小的鼠眼，悚懼地，在這醫師臉上，閃爍了一下。立刻，他竟很馴良地收斂了他十分之五的怒火。

病人的怒火，已被一種無形的冷水，迅速澆熄了下去。但是，相反的，那個女人一聽到了「十二年前」四個字，她俏媚的眼內，立刻被扇起了一種怒燃的狂焰。只見她的身子，脫離了她的座位，重重咬了咬牙，然後，發出一種惡毒的冷笑，輕鄙地說：「哼！你還敢提起十二年前的事，我正要請問你：在十二年前你做過了些什麼好事呀？！」

這突如其來的反攻，使這病人瞪直了眼，一時呆怔得失掉了應付的語句。

只見，那個女人，使勁一扭她的頸脖，把幾縷披拂在耳鬢邊的亂髮，抖到了腦後去。接著，她竟像一頭髮威的母獅，直搶到病人身前。她連聲重複說道：「你還敢提起十二年前的事！你還敢提起十二年前的事！你想想：你在十二年前，做過了什麼好事情呀？！」

「嘿！好——妳自己做的什麼好事？我不問你，妳倒還要問我嗎？很——好！就請妳說，我——我做過了什麼事呀？」病人定定神，他用一種拖長的調子，強制地這樣說。他剛收斂的暴怒，分明又被對方盛大的火焰，迅速引發。可是，他的語聲，雖洶洶可怖，而在音調之中，卻分明含有一種虛怯的意味。

只聽那女人，嘶聲銳叫著道：「你做過什麼事？你殺死了我的父親！你謀奪了我父親的財產——十二年前，你在那家害人的黑店裡，做的是什麼事？你自己想！你自己說！」

這女人喘著說話，一面提起她的纖足，在地毯上狠命地踐踏。就在這重重的頓足聲中，她淒酸的淚水，卻像黃河決堤那樣，從她怒紅的眼眶之中，不斷奔瀉了下來！

十三　你殺死了我的父親！你謀奪了我父親的財產！

十四

你——你們記清楚，這——這是三條性命了！

這出奇的揭發，無異於一顆猛烈的手榴彈，拋進了這一間縱橫數十尺寬的屋子裡！

那個骨節鬆懈的醫師，有一小撮的煙灰，從他嘴角的煙上，被震落了下來，落在他的肩上，但他卻沒有發覺。

室隅蜷縮著的那位青年，嘆出了一口別人聽不見的氣。

尤其那個病人，聽到了這出奇的話，他又睜大了眼——正像他十二年前半夜站在那扇紙窗前一樣——好半晌，好半晌。他像惡夢初醒似的，格格地說：「啊！妳——妳——妳就是陶——陶阿九的女兒？——那——那個……」

「我不知道什麼陶阿九，陶阿十。我只知道我的父親叫作況錫春！」女人用力頓頓腳。

「啊！妳是——妳是那個——那個白……」病人期期然，想往下說卻又住嘴。

他這一句吞吐未盡的話，卻使對方那座已噴發的火山，又更猛烈地噴放。只見那個女人，眼內飛爆著火星，她發出一種機關槍怒掃似的聲音，一連串地銳聲接口：

「白——白——白什麼？白蓮教的妖人，是不是？」她慘笑一聲，「哼！直到如今，你還硬冤誣我可憐的父親，是白蓮教的妖人——憑你這樣一句喪盡天良的話，你害得他，活生生地，被人挖——挖出了心肝！你——你——」她抽噎著，慘不成聲，「現在，請你也把你的心肝挖出來，讓我看看，你——你的心，是——是什麼心？！」

一種悲傷、怨艾、毒恨，混合成的情緒，在這可憐的女人的每一滴的血液裡，鼓起了一種不可遏制的酸性燃燒！這時，若有一柄十二年前那樣的尖刀，放在她附近，她很可能會搶到手裡，立刻埋進她這陰險殘忍的丈夫的心口裡去。

在一陣颶風疾捲似的叫跳之後，她不可逼近的怒焰，似乎因疲倦而遞減。接連著，卻是一陣淒酸入骨的悲泣。她把一種鬱怒而輕鄙的眼光，持續掃襲著那個病人。於是，她帶哭說，申訴了驚心動魄的往事。

「啊啊！我的大經理！」這女人忽用這種奇特的稱呼，稱呼著她的丈夫，「你用那種毒手，殺害了我的父親之後，我的全家，弄成了什麼樣子？你——你——你要聽聽嗎？」她哽咽著說：「那時候，我們全家，為了要避難，由我父親獨自先逃到那個鎮上去。他和我們約好在那裡相會。不料——」她又頓足，「不料我們到了那個鎮上，已見不到我父親的面！只見到了低低的一個土堆——那是在一方淒涼的義塚地上——豎著一片驚心刺眼的木片，標著傷心的記號！」

說到這裡，她周身中寒似的發著震顫；她的喉頭，已被她的呼吸所梗塞！由於這震顫，由於這梗塞，她分明已無法繼續這斷續不連的語句。但她仍努力接下去道：「噯！真可憐哪！我的老祖母——她是一個近七十歲的人了——當她遠遠看到那片木片時，一口痰立刻推起來，當場暈死過去——在第二天，她就死在那個舉目無親的小鎮上。」

她向那個目瞪口呆的病人，發出一種反常的慘笑說：「現在，請你算一算吧！連我可憐的父親，一條，兩條，這——這這是兩條命了！」

那個病人，舉起了深陷於眼眶中的兩眼，似恨，似羞，似怒。他先看看別人，最後，無奈似地望著盛怒的妻子，彷彿在哀求她：不要再說下去。但他這種無聲的求懇，只增加了這女人的悲傷與暴怒！只見她仍努力控制著她的情緒，勇敢地往下說：「最可憐的是我的母親！當時，她在那堆淺土上面打滾，喊著天！她的嘴角噴著血沫！那些血沫、眼淚、泥土，把她的臉，塗抹成一個鬼臉——有一個尖銳的小樹根，刺進她的耳後，有好幾分深，她都不覺得痛——唉！真悽慘呀，不到半年，她——我母親——她也拋下了我——我們，啊！去——去了！」

那個仰靠著椅背的醫師，聽到這裡，他又猛吸著他嘴角的紙煙。他卻沒注意到他這紙煙，已熄滅了許久。

一聲聲「啒——呃——啒——呃——」的乾咳聲，仍在房中光線較暗的一角，不時輕輕發出來。

這時候，天色明明是在晴朗的白晝，而這一室之中，卻堆起了陰雨似的淒暗！這種無形的淒暗，使每一個人的神經上，都感到了一種冷水直澆似的感覺！就在這種難堪的感覺之中，只見那個面白如紙的女人，正彎曲震顫的纖指，呈現一種計算的手勢，只聽她淒聲計算著道：「你——你們記清楚，這——這這是三——三條性命了！」

她又努力說下去：「我哥哥自從經過這可怕的事變，突然像老了十歲。不久，他頭上就有了白髮！還有我——啊！還有我自己——」

說到「我」字，一種過往的可怕辛酸，使這女人扁扁她的嘴，幾乎又要放聲大笑。她在一種氣息不接的抽噎聲中，一字一呃，一字一逆地說：「那時候，我看到了那片驚心的木片，我想到睡在這泥土下的父親，死得那樣的慘！我只覺天地都翻了身！從此，我已變成無父的孤女；從此，我已不再有保護我的人；從此，我失去了世上最愛我的老父！——我猛撲到了我父親的身上——那個土堆上——我不想什麼！我只想擁抱我可憐的父親——我用我的指甲，盡力刨著那泥土！」

這可憐的年輕女人說到這裡，她忽然震顫地，平伸出兩隻手。她的手向左右緩緩揮動，同時，她滯定的眼珠，淒涼而又僵直地向著四周緩緩看過來，這表情彷彿表示：這室內正有一千個人，而她卻要伸出手來讓這一千個人看。

只聽她淒厲地呼喊道：「啊！你——你們看！你們看我的手指哪——」

醫師隨著她的呼聲而凝視她的手指時，只見她的十個指甲上，雖然也像別的摩登女子一樣，塗著悅目的蔻丹，可是細看這些指甲，分明不像別的女子那樣的光潔齊整。那樣子，分明是曾經脫落以後，重新長起來的！

呵！這是她當時刨那義塚上的泥土的後果啊！

這醫師感到他的肌膚上，起了一陣蟲子蠕行似的感覺。他又靜聽這女人述完她這悲慘故事的最後一節：

「啊！那時我還只有十五歲咧！在以後的五年中，我的家，差不多是完全消滅了！我做夢也沒有想到，好好一個家，會消滅得那樣快——真比大風捲去還要快——那時候，我只剩下了一個哥哥，兩人相依為命。而我哥哥又是那樣不爭氣！他因失了管束，賭錢、抽煙，無所不為！不多幾時，揮霍盡了田地屋子。在我二十歲的那年上，可——可憐哪！我被我的哥哥，騙到了上海，輕輕推進了火坑——我那狠心的哥哥，他捲走了賣掉同胞親妹子的一筆錢，從此，一去七年，音訊全無！直到最近，我才又見到他。」

這女人一陣顫慄，猛然伸手掩著面！接著，她又緩緩放下手來，淒聲長嘆說：「噯！我的命，太苦啦！在那火坑裡，我又受盡了嘲笑、侮辱、作踐，種種忍受不下的磨難！天保佑我！還好，不到一年，我嫁人了。啊！我嫁人了啊——」

說到「嫁人」兩字，這女人忽而舉起她含著萬分幽怨的眸子，像燕子掠水那樣，驀地掠到了室隅那青年慘白如紙的臉上，淒涼地停留了幾秒鐘。她這灼熱的眼光，頓使那張奇異的「白紙」，迅速映上了一重奇異的紅色。

在這一剎那間，這青年的眼角間，呈露出了一種異常痛苦的神情。這神情，正像一個愛花如命的人，眼看他一盆最心愛的「暖室裡的薔薇」，生生受到了暴風雨的摧殘，卻無法加以挽救。

那個醫師，拿下了他嘴角熄滅已久的半支煙，暗暗點著頭。他在想：噯！一支回憶的毒箭，穿碎了一顆心；而那箭鏃，又連帶傷了另外一顆心！

接著，又見這女人，把她狠毒的視線，猛掃了那個病人一下。她無力地仰著臉，發出了一聲絕望的慘呼：「我——我的天！我——我哪裡想得到呀！我竟會嫁給了仇深似海的殺父仇人！」

這可憐的女人，說完了她最後的一句話，同時也用盡了她全身最後的一分力。她像一個大病初癒的人，一口氣，奔馳了一百里的路程。她伸手撫著頭，身子一連幾晃，彷彿這憩坐室中的地板，已變成了太平洋上一艘海船中的甲板。

「啊——呀！」這時忽有一個比蚊鳴更輕細的驚呼聲，不自禁地，從小邱的口中吐出。他分明想要搶上前去，攙扶那個搖搖欲倒的女人。但是，當他一眼看到斜對面兩條冷酷的視線時，他猛然省覺似的，並沒有這樣做。甚至，他連預備動作的姿勢，也像煞車那樣強止住，而沒有表現出來。

而那女人呢，就在小邱將做而未做的一瞬間，她似乎已感受到了一種無形的催眠。只見她的身子前後幾晃，酒醉那樣搖搖地，向著小邱懷內直撲了過去。而結果，她卻頹然倒入了貼近小邱身旁的一張椅子裡。

十四　你—你們記清楚，這—這是三條性命了！

十五　現在，輪到我來收拾你們了！

以上的動作，分明隱藏著一種細微而不易覺察的情感伏流，暗暗地磨擦出一種灼熱的火花來。這在那個醫師的冷眼中，看得已非常清楚。因此，這時有一個新的意見，走進了他冷靜的頭腦。他想：從多方面觀察來看，顯見這一雙男女，他們在某種程度上，已有一頁相當長的歷史。甚至，這女人在未嫁王俊熙之前，她和這青年，已先培植著一種粉紅的蓓蕾，那也說不定。

這一點意見，這是這醫師冷眼偷覷到這女人提起嫁人時的那種特異的眼光，觀察而得的。

當他這樣想時，他取出了打火機，把那半支煙，矜持地燃上火。由於他這嚴肅的矜持，卻使他的額部，推起了一種近五十歲衰頹的暗影——但，這僅僅是瞬間的事——他把他的背部，在椅背上靠得更緊一些，一面閉上眼，把他的思緒，送進了冥想的淵海。

他開始這樣想，全部的事情，前後聚集起來，可以得到如下的歸納：這王俊熙，在十二年前，曾用陰險的方法，殺害過一個人。五年以後，他無意中，娶了那個被害者的女兒做了妻子。又過了七年，他又遇到了那個被害者的兒子——他從未見過面的妻舅——他誤認他這妻舅，就是十二年前被害者的冤魂。他恐慌得了不得，在醉後吐出了他的隱事。他的妻子，方知她的丈夫，就是自己的殺父仇人。於是，她索性串通了她的哥哥和另外一個人，用種種可怕的方法，加以有計畫的恐嚇。因此，便演成了許多離奇的事實。

以上便是這件神祕事件的全部的輪廓。

他又想：在全部的事實中，有好幾點，值得注意。第一：那個被害者的兒子，最初出現於王俊熙的眼前，分明出於無心，那完全是件偶然的事，直到第三次的鬼魂出現，方始構成有計畫的恫嚇。第二：這全劇的導演，當然是小邱，那個不要臉的『鬼』，料想起來，一定不能構成這種精密的設計，他不過處於演員的地位而已。第三：那個扮鬼的角色，他的面貌，和他十二年前死去的父親，真會像到一模一樣，絲毫無異嗎？這問題，牽連著一種心理上的變態問題。由於遺傳的關係，父子之間，面貌大體相像，那是習見的事，並不足怪；至於像到絲毫無異，那也許不會吧？因為，一個人的腦中，無論留下如何深刻的印象，經過了十二年悠長的時間，無疑地，這印象必然有了模糊之處——這也像一張相片，日久以後，影子必然要逐漸淡褪——不過，由於心頭多年的疑影，偶爾遇見相似的印象，便很容易會引起一種心理的錯覺。於是，原來只有一分相像的，會擴大成三分像，原來有三分像的，竟會變成九分或十分相像。王俊熙所遇到的事，大概也是這樣。第四：這一齣戲劇中，所有的道具服飾以及裝扮等等，怎麼會那樣的逼真呢？這問題，是容易解答的：因為那個扮鬼的名角，十二年前，親眼見過他老父逃難時的裝扮，當然留有相當深刻的印象。在十二年後，要他依樣畫成一個葫蘆，當然並不十分費事。至於眉心間的鋼叉紋與耳朵上的黑痣，也只需要舉手之勞，便能裝點起來，根本不成問題。第五：那小夥兒的一群——佩瑩、小邱，加上那個不要臉的鬼——他們為什麼，要那樣的恫嚇這位聞人先生呢？代父報仇，使那個陰險殘酷的傢伙，受到一種精神上的報罰，這是屬於佩瑩方面的主要動機吧？但這報仇的方法，也許還是出於小邱的提議；其次小邱本身，因急用而需要錢，這也許是一個湊合的原因——但，這一個原因，並不一定可靠，也許這是一個煙幕，也說不定——除了以上兩種動機之外，在這離奇的事件中，分明另外還有一種較隱祕的動力，含藏在裡面。這多是出於小邱方面趁火打劫的企圖。至於那個女人，是否諒解這種隱祕的心理，那還不可知哩。

他的口角間，漏出了幾縷微煙。他準備再細細思索下去。但是，他靜靜的思緒，卻被一種極度嚴重的喧嚷所打斷。他只聽得那個病人，忽又發出瘋狂似的怒吼，在他耳邊震盪著道：「哈哈哈！好！你們——你們這一群鬼！一個是代父復仇的孝女，一個是打抱不平的英雄！還有一個——還有一個——嘿！你們嚇死了我，準備怎麼樣？——嘿！好！看你們真要好哪！眉來眼去，以為我永遠不知道——」

聲音略頓了一頓，那狠毒的語氣，又切齒地說：「好呀！你們收拾過了我；現在——輪到我來收拾你們了！哼！」

這瘋狂的轟炸聲，使這冷靜的醫師，睜開了他疲倦似的眼。他一眼看到他身旁的情景，不禁感到震驚！

他不明白這病人，怎樣會引起這第二陣的大火？實際上，病人這種較前更熾的火勢，正是被那男女眼中的熱電，磨擦出來的。

只見那個病人，已從椅子裡站了起來，拄著那支粗手杖，愣愣地發抖。他的怒氣，委實已由熾燃，而成了白熱，復由白熱，而昇華。尤其可怕的，是他那種使人一看就要睡不著覺的臉色！

呵！讀者們，你們可曾看到過地獄中的厲鬼吵架時的神情嗎？你們當然不會看到的。那麼，請看這時的王俊熙——至少，他這時的神色，可以代表那種地獄鬼怒的神情！

他帶病蒼白的臉，已由盛怒而泛起了青灰色；青灰上，抹著一層薄薄的油光；在抹油的青灰之下，隱隱又透出了許多淺黑的斑點——關於這一點，曾使那個醫師，詫異地注視了他好幾秒——再看他的牙床，向外突張了出來。兩個眼眶更為深陷——不論何人，一看到他這眼眶的樣子，很可能會聯想到骷髏！但是骷髏的目孔中，是沒有眼珠的，而他卻有一對深陷著的發光的東西，在那裡一閃一爍！因此，看上去比那骷髏，更顯得可怕！

這時他又像一條剛出洞而被人惹動過的毒蛇。他不時舉起他的手杖，顫巍巍地，向前撩撥作勢，代表毒蛇吐吞的姿勢。那兩枚蘊毒的蛇眼，凶射了佩瑩，緩緩回過來，又凶射著小邱；凶射過了小邱，緩緩回過去，又凶射著佩瑩。他分明小心地，在選擇他的敵人，看要先吞噬哪一個？同時他又像在選擇敵人的要害，準備把他的毒液，猛烈地噴過去！

這種極度可怕的神情，不但使對方看著顫慄不止，個個觳觫成一團。就連身處局外的醫師，全身也感到一種不自然的感覺。

這時候，若沒有意外的事從中阻攔，也許，在不到一分鐘之內，這間縱橫數十尺的屋子裡，便會有些瘋狂的事！

然而，那意外的阻攔，畢竟來了；因此，那瘋狂的戲劇，也終究沒演成！

「噯！慢一點！有一件最重大的事情，還沒有解決咧！」極嚴冷的聲音，忽然從醫師嘴裡吐出來。

「什麼事？！」由於醫師特異的語氣，使這盛怒的病人凶獰地轉了頭，暴聲發問，但他的語氣，分明已不再顧忌「血管爆裂」的警告。

「請你坐下來聽，好不好？」醫師做出了一個他習慣的小動作，他把他未燃的煙，向天畫了一個圓圈，悠然地重複說：「有一件很要緊的事，還沒有解決，這攸關你的生命和名譽的。」

「攸關我的生命和名譽？」病人的怒眼中，包含了困惑。他真馴良——馴良得像一頭哈巴狗——他遲疑地坐下了。

「昨天晚上，夏醫師告訴我，他有一點東西在這裡遺失了。」醫師又恢復了他不冷不熱的聲音。

「在這裡遺失了東西，要我賠償嗎？嘿！」病人挾著怒氣。他的鼻孔，微張了一下。

「我希望你，能夠不必負這賠償的責任，那才好哩。」醫師冷然這樣回答。

「他遺失了什麼東西呢？」病人焦躁地說。

「一小管馬錢子——那只是一小管而已。」

「馬錢子是什麼？」病人的問句，已經有點異樣。

「毒藥！」醫師用鋼打那樣錚錚然的聲音，簡單地回答。

病人的眼珠，現出了嚴重的惶惑；其餘四條視線，也顯現出相同的駭怪！

只聽醫師繼續說道：「那雖是小小的一管，但它的含量，足以毒死十口豬而有餘！」他說到這裡，驀地，用一種極度緊張的眼光，掃上了小邱的臉部，厲聲說道：「喂！邱先生，方才你把一些白色的粉末，偷偷倒在牛奶杯子裡，那是什麼東西呢！？」

小邱的頭上，似被打上了一個不及防的暴雷。他驚惶的眼珠，幾乎要脫離眼眶的管束而跳出來。

那個女人，突然聽了這種完全出於意外的話，她喘息地看著小邱，呆住了。

一室之中，一共八隻眼珠，在這極短促的一瞬中，有三雙視線，不同樣地射到了這青年所在的晦黯角落裡。

這時，房中最緊張而又最駭人的一個場面發生了！

只見那個病人，額部像泉湧那樣，分泌出了黃豆般大的黏膩汗珠。他把全身的重量，支撐到手內那支橡木手杖上。霎時，狂顫而掙扎地站起，立刻，又無力而頹然地倒下。他狠命舉起了他的驚、訝、畏、恨，一時聚集不可名狀的眼色，死勁盯著小邱。他從一種粗重可怕的聲氣之中，迸出幾個字音來道：「小……小邱，你……你這鬼！你……你……你竟敢——你……竟敢……」

他本來想說：「你竟敢用毒藥來毒死我！」但他這一句，終究沒有完成。說到一半，他驀地伸手，抓著他的頸項，好像他的喉內，已在冒著煙火。接連著，他又一把抓起他那黑緞睡衣的胸襟，呈現出一種非常的痛楚！片刻之間，呵！可怕啊！他忽然把他的眼光，從原來的點收回——那樣子，好像他的視線，是被一種什麼聲音，呼喚過去的——當時他不再看著小邱，也不看著佩瑩，也不看著醫師。他緩緩舉起一種顫慄的視線，搜尋似地望向房內沒有人的角落裡，他這怕人的表情，彷彿在說：這房中突然又走進了第五個人來！只聽他發出一種鬼迷似的哀聲，模糊，斷續，而又陰森地呼喊道：「啊！你——你——你讓我——懺——悔——」

一語未畢，只聽他的喉頭，發出了「轟！」「轟！」「轟！」火車開動似的聲音。在幾秒鐘內，眾人看著他的目光，由擴張而渙散，而昏瞶！最後，他再伸出一手，在空氣中，盲抓了一陣，緊接著是一陣劇烈的痙攣，只聽「啪」的一聲，那支橡木手杖，在他另一手內，鬆放下來，跌落在那精美悅目的地毯上！

於是，寂然了。

十五　現在，輪到我來收拾你們了！

十六　我要請你嘗嘗一種「美味」的死法！

讀者或許要問：「這是怎麼一回事呢？」

筆者可以這樣回答：「看樣子，似乎我們這位聞人先生，在這極短促的瞬間，他已用了最高的速度，到達了『馬拉松長跑』的終點了！」

此時，那位醫師先生，他和這位生命賽跑的錦標者，坐得最為接近。論理，他看到了這種賽跑的驚人速度，應當表示一點驚詫——至少是訝異——但是，他並不，甚至，他鋼製似的顏面神經，並不因此而有一絲一毫的變動。那樣子，好像他在五十年前，早已知道了這麼一回事。

他真從容哪！

你看，他把手內那支殘煙，鄭重地熄滅了火，吝惜地把它收進了他精美的煙盒——這明明表示：在他眼中，身旁這位聞人的價值，還遠不及他手中半支殘煙那樣的可貴！

收起了紙煙，接著，他輕捷地跳起身來，走到那扇房門前，看了一下那個門子，是否閂得好。

最後，他才轉身走到那位和平而又忍耐的聞人身前，俯下身子，在這聞人的額上，親密地撫摸了一下子。他又撥開這位聞人生前瞧不起人的高貴的眼皮，約略看了看，旋轉身子，他一腳踢了那支橫在地毯上的手杖，並從容撿起，把它安放到它舊主人的身前。然後回過頭來，向剛觸過電流似的那雙男女，恬靜地說：「呵呵！米蟲鑽進飯鍋，煮熟了！」

只見那雙男女，活像一對冰塊雕成的塑像！睜圓了眼，聲息全無！

那女人好像一個跌重了的孩子，好半晌，她才透過一口氣來。只見她很慌——而又很遲疑地，預備搶到她最親愛的殺父仇人的身前去，細看究竟。但她的行動，卻被那個仁慈的醫師擋住了。只聽醫師說道：「這並沒有什麼參觀的價值。這種討厭的東西，近年來，馬路上多得很哪。」

「哦！他……他……他死了嗎？」這女人的舌尖跳著舞，發出鋼琴彈出來般的音調。她好像這才省悟。

「嗯！他好像……」醫師說道：「他好像死了。」

呵！女人的心理，正是一種最不可捉摸的東西！三分鐘前，那位聞人，在這女人的眼光裡，還是一個所謂「仇深似海」的殺父大仇人，可是，僅僅隔了三分鐘，至少，她已不再把他當作仇深似海的殺父大仇人。因此，她還沒有乾燥的眼圈，忽又微微泛上了一絲紅色的潮潤。她悚懼地，抬起了她矛盾而痛苦的眼色，先向對方那張寂寞的椅子裡，偷覷了一眼，再望望那扇門。隨後，她回眼死盯著小邱，責問似地顫抖著說：「你——你——你——」

她分明想說：「你怎麼會做出那樣的事來？現在該怎麼辦？」

「不必慌！這裡暫時還不會有人闖進來，一切有我哩。」醫師也望望那扇門，用鎮靜的語聲，安慰似地這樣說。

這醫師的代答，使那遭受了天打似的青年，得到了一個召回靈魂的機會。他看到那女人責問的眼光，用一種帶哭的調子，非常費力地說道：「啊！佩——啊！師母！我沒——沒有……沒有呀——」

他的喉頭，好像已布下了一道封鎖線，而舌尖上，也似乎有一面不易通過的鐵絲網。

醫師舉眼看看這失魂似的可憐青年，眼角露著憐憫。他又回眸，望望那個怒目猙獰的死屍。他的眼珠，轉動了一下。

「哈哈哈哈！」他忽然仰起頭來，發出了一種怪鴟夜鳴似的揚聲大笑。

這笑聲把那一雙男女，推進了重重大霧之中。

只見這醫師走上前來，拍拍小邱的肩膀，好像父親撫慰著被責罵過的孩子。

「好兄弟！你別急！」他說：「我知道你沒有——你沒有偷過夏醫師的毒藥，你也沒有把什麼東西，放進那杯牛奶。換句話說，夏醫師根本不曾遺失過什麼馬錢子，也就是說：你也根本不曾毒死你的老師！」

略停一停，他再堅決地補充道：「是的，我必須承認，剛才我所說的話，那完全是玩笑，請你們不必介意。」

「玩笑？！」小邱的聲音帶著顫抖，他完全迷糊了。

「啊！你說，他沒有毒死他嗎？他——他沒有毒死他！這——這是真的嗎？」

那女人搶上前來，急急地這樣說。驚悸的眼角中，挾著一種快慰的希望，但她的語氣，明明透出不信。

「我何必騙妳呢？」醫師懇切而堅決地說。

「咦！那麼，他怎樣會——會死的呢？」女人望望那個僵硬的東西，悸恐而又懷疑。

「我在實行我的一種試驗……」醫師似乎關心著他半支未吸完的煙，他又緩緩掏摸他的紙煙盒。他繼續說：「如果你們的肚子還不餓，可要聽聽我的試驗方法？」

小邱愈聽愈模糊。

那焦悚的女人，愈聽愈不懂。

只見這醫師，又像招待來賓那樣，向他們擺著手：「請你們暫坐片刻，好不好？」

這一雙男女，早已感到這位神奇人物不好說話。他們無可奈何地，接受了這客氣的命令。

坐雖坐下了，卻像坐到了一個燒紅的爐子上。他們的精神，已全部被那死屍所吸住。每一秒鐘，都在增加著焦悚。他們似乎感到他們的手足，全部成了多餘，而無處安放。

「我勸你們二位——」醫師自己坐下，噴出了幾個恬靜的圓圈，他說：「應該把你們的目光，擴放得大些，愈大愈好，再把那個討厭的東西，看得小些，越小越好。你們不妨把他看作一隻死蒼蠅！這種看法，於養生方面，必定有些益處的。」

醫師的話，雖然說得那樣輕飄，可是，陳列在眼前的死屍，畢竟是一個龐大刺眼的死屍哪！他絕不能因這幾句輕飄飄的話，而真的變成一隻死蒼蠅。因此，他說的話，仍不能影響這一雙男女局促不寧的神態。

他向他們看看，似乎有點不耐。於是，他沉下臉來，用一種嚴肅的調子說：「的確！你們應該仿效一下死者生前的人生哲學！喂！你們想：十二年前，他眼看人家，活活被挖出了心肝，他並沒有皺皺眉！這是發財人必要的鎮靜態度哪！你們不能學學嗎？」

這最後幾句話，似乎產生一點小小的效果。只見，一縷淒楚的暗影，迅速地又浮上了這女人慘白的兩靨。她果然把注意那死屍的眼光，怨憤地收回，而回到她那些刨過泥土的指甲上。

再看那個青年，一聽這話，他似乎已想到了死者生前的陰險殘忍。只見他勃然作色！好像他的膽力，一時已壯健了許多。

醫師向他們笑笑說：「那很好，就請你們靜聽我的新聞吧——」

「在國外，有一個很著名的心理學專家……」他吸了一口煙，抖動著交疊的腳尖，開場這樣說起。

哈！真佩服！在眼前這種局勢中，他居然有這閒情，演講什麼新聞！而且，一個外國地方的心理學家，跟眼前的事，會有什麼關聯呢？

那雙男女，焦悚地看著那扇門，又焦悚地看著他。他們感到腸子有點發癢。只聽他又悠然說下去道：「那個心理學家，告訴人：他能不用刀，不用槍，不用一切殺人的東西，而能憑一種神奇的方法，送人回家——

「一次，他向刑事當局，要求對一名將被處決的死囚，實行他的試驗。他向那個死囚，幽默地說，『吃飯』與『死』，是人生的兩大問題。吃飯，應當選擇可口的菜餚；死，當然也該選擇『可口』的方法。上縊架是苦味的；坐電椅，滋味也太辣；所以現在，我要請你嘗嘗一種『美味』的死法——

他——這心理學家——把一塊布，紮住了這死囚的兩眼。然後，把這死囚牽引到一個自來水的龍頭邊去，說道：『我要割斷你的脈息，放盡你的血液，使你死得毫無痛苦。』說時，他用一柄小刀，在這死囚的脈上，用力割了一陣——你們記著，他用的是刀背——隨後，他把自來水的龍頭，開放了一線，使它發出滴滴答答的聲音。他向這死囚說：『你的脈搏，已經割斷了！聽到沒有？你的血，正在流出來！是不是毫無痛苦？現在，你全身的血，流掉十分之三了！啊！十分之五了！十分之七了！啊！還剩二成了！一成，半成了！啊！差不多——呀！完！現在你立刻就要死了！你看，毫無痛苦，是不是？』——

這心理學家一連說了三句毫無痛苦，只見那個死囚的頭，漸漸低沉了下去。當他把死囚臉上那塊遮眼的布拿下來時，只見這死囚果然毫無痛苦地，回到了天國！」

醫師滔滔然，一口氣說完了他這則新聞。他忽又揚聲大笑，一面解釋著道：「這新聞的性質，似乎有點荒謬，我也是從別人那裡聽到的。我因為不相信這話，所以親自要試試。感謝我們這位王先生，他真慷慨，給了我這樣一個增加學問的試驗機會！」

那青年聽得出神，直到聽完，他瞪著眼，似乎依舊有點迷惘，但，他想了想，忽而恍然大悟，只聽他哦的一聲喊出來道：「啊！你仿效了那個心理學家的辦法！你——」

「不錯，我的話，和那心理學家告訴死因的話，原是大同小異的。」醫師微笑著接口。

青年期期道地：「他——他是被你嚇死的！」

醫師又點點頭：「正是，嚇死了他，解救了你們。」

「解救了我們？但，但是，你——你已害了我們咧。」青年緊張的眼光，不期而然，又飄到那個死屍身上去。

「害了你們嗎？我要提醒你們，請你們記著，夏醫師說過：死者本來害著極厲害的心臟病，而且我，我也是一名醫師，我有我的說法哪。」醫師站起來，把他第十枚煙尾，輕輕拋進痰盂。他用撫慰似的聲吻，補充說：「我請你們『節哀順變』，先放開胃口，吃一頓過時的午飯，然後提起精神來，準備料理盛大的喪事——」

他又掉轉視線，向這新出品的孀婦說：「喂！王夫人。啊！不！暫且我應稱妳為況小姐——我希望不久，我能稱妳邱太太——啊！況小姐，在熱鬧的孝堂裡面，我預先祝福你們二位，能合飲一杯法式咖啡！」

那女人慘白的臉，變成緋紅。她已不暇流盼那個死屍，她只下意識地，低頭整理她的衣鈕。

小邱抑制著怒氣，期期然說道：「但是，我也要提醒你，也要請你記著：這——這是人命呀！」

「人命？！」醫師猛然回過頭來說：「在眼前這個可愛的世界上，最輕賤的，就是這兩個字！請你不要放在心上吧！有我哩！」

說到「有我」，他並不指著他的鼻子，卻是指著他的耳朵。

十七

還有一個最後的小小曲折，沒有揭露出來咧！

寫到這裡，這一篇用過了好幾百「！」式符號的冗長的故事，應該可以結束了。可是，在筆者疲倦的鋼筆尖之下，似乎還有幾句話，有補充一下的必要：

那天，當余化影醫師走出那間憩坐室時，他已預先打開了那臺落地式的收音機，使它播放出了必要的節目。他走到外面，向眾人報告說：「那位王先生，心臟病發作，打強心針也來不及，死了！」當時，王家的那些下人們，雖然有些訝異，可是近期他們看到主人的病容，那樣的消瘦失常，所以他們久已準備，遲早之間，會發生這麼一回事。因此，他們接受了這意外的消息，並不感到奇怪。

並且，余醫師走後，第一個到場的人物，便是那位夏志蒼醫師。這老醫師把死者的屍體，檢查了一下之後，他的眉毛皺得很緊。最後他也聲言：「死者正是由於急遽的心臟病，不及救治而死。」有這兩位「可靠」的人物，一致加以證明。於是，這事情在當時，便不再有何麻煩——並且，直到以後，也不再有任何麻煩。

我們這位聞人死後，那唯一合法的繼承人——他的妻子佩瑩——便收下他全部的財產。哈哈！細想起來，這裡面含有一種循環式的因果哩。然而，這因果卻也十分自然，似乎並不含有任何迷信的意味在內。

那個女人的胸襟，相當闊大。她對他的哥哥——況又春——並不記著前怨。她很慷慨，把她的財產，分出了一小部分，贈予她哥哥——在她的意思，認為王俊熙的財產，原是由她父親遺傳下來的，而父親的財產，原該傳給哥哥，所以分贈他一些，那也非常合理。

可是，一個不要臉的傢伙，一旦得到了大量的金錢，將會產生如何的後果，那是不難想像的。結果不久，這一位扮鬼的名角，他由扮演假鬼，進一步扮成了真鬼。他對於那種一度嘗試過的工作，似乎有了興趣。他的工作態度，委實是相當「認真」的。

其次，那位邱仲英先生，與這位況佩瑩女士，他們在這一場風浪之後，是否結合了呢？筆者記述這篇文字，初意，只想寫出「吾友」生平經歷的事實之一，並不準備撰寫關於情感的文章。因此對於這男女倆的最後一筆帳目，不再提出報告。

最後，該提到「吾友」了。那位神奇的余化影醫師，他在這件事裡，得到了些什麼呢？

提起這位余醫師——當然，他另有許多別的姓名與職業——他的生平，一直抱著一種「絕不空手」的主義。他所習用的口號，乃是：「一切歸一切，生意歸生意。」這一次，他雖充當了一名臨時客串的醫師，可是，在這一次客串之中，他已沾染到了一般大名醫的習氣。在他的臨時性的「診例」上，居然也有病貧一概不「記」的字樣——所謂不記，當然是指絕不記帳而言——何況這一次，他所遇到的，又是一位有錢的聞人。

因此，那天當他跨出那位聞人的公館時，他玩具式的黑色手提箱內，早已很謙讓地，裝進了二萬元出診的診費——不！這該說是祕密保險費，或者可以說是殺人應得的酬勞費——也像十二年前的王阿靈，取得了他殺人應得的酬勞費一樣。

光陰先生，不問人世間有幾許離奇曲折的故事，它只是向前飛奔，絕不顧盼。眨眼，距離我們這位聞人的死，匆匆已達一百天。

這一天，那位王夫人，在本地極著名的玉佛寺，舉行「照例」的超渡。在這古叢林的一角庭院之中，王夫人照例播送她的特別節目；小邱先生，照例幫同「照料」一切；那些和尚們，照例叮叮咚，咚叮叮，歡送那位王阿靈的亡靈，大步踏進那座專接惡人的天堂。

巧得很！筆者準備向舊小說家們，借一句成語：「無巧不成書！」這天，在這古叢林的另一部分——大殿上——那位最初出現在這故事中的天臺宗雪性大法師，恰巧又被請到這寺內，在做佛學上的演講。在演講中，他又說出了以前說過的幾句：

——殺害了家的，結果，難逃被人殺害的慘報——

可惜這位雪性法師，對於我們這位聞人的「行述」，他還並不知道哩。假使知道，也許他會補充上如後幾句：

——謀奪了人家財產的，結果，自己的財產，終於會被人家謀奪去——

更有湊巧的事哪！這一天，那位余化影醫師，他居然也在男居士的聽經席中，占了一個位子。他，怎麼會到這裡來呢？說出來很滑稽。原來他在那位聞人府上，取得了那筆沾有血腥的出診費後，在短時期內，竟把這些錢，換得了一些失戀的「慘報」——本來他對於佛教，原是一位具有某種信仰程度的非形式的信徒，不過平常，他並不喜歡聽經拜佛。而這一次為了失戀，他卻遁跡到這佛地上，有了一度五分鐘式的逃禪。在他，也算是懺悔懺悔他的業障吧？

提起懺悔，他用那種離奇的方法，殺害了那個聞人。這該懺悔一下嗎？不！該懺悔的，並不是他，卻是另外一個人，因為在這故事之中，還有一個最後的小小曲折，不曾揭露出來咧。

當王俊熙初死，這余化影醫師，曾經撥開他的眼皮，察看了一下。啊！奇怪！當時他發覺，那死者突然暴斃，真的是中毒而死的！但是，為了某種原因，他非但沒有聲張出來，反放出一種離奇的煙幕，掩護了凶手的罪行。

這凶手是誰呢？不用說了，當然是小邱。

可是這小邱，他用什麼東西，毒斃他這位老師呢？

據這余醫師的料想：他一定是用著一種慢性而不易覺察的毒品，在許多日子內，漸漸分次送給他的老師服下的。

那麼，那天他在調製牛奶的時候，可曾把那毒物，真的偷偷放進杯中去嗎？啊！那不會，那一定不會的。你們想：一個下毒藥的凶手，當著一個醫師的面，他會把他的毒藥，堂堂皇皇使用嗎？料想世間絕沒有那種傻子的。

還有那個夏志蒼老醫師哩，他怎麼也會一無表示呢？是的！他的觀察與判斷力，一定不及那個「初出道」的余醫師吧？呵！這是笑話！

可是這裡面，卻真的有些笑話在哪！

原來，當天夏醫師，一眼看到死者的狀況，立刻便已感到，情形大有可疑，並且，他還看出死者在臨命前的剎那，曾發生過一種「強直性」的痙攣——這在國醫們的術語，稱之為「角弓反張」——這現象，正是中了某一類毒物的現象。想到中毒，立刻使他想起：隔日，他曾和那個莫名其妙的醫師，提到過馬錢子的話。啊呀！不好！不要那個傢伙，因為偷到了自己的口風，竟把一種過量的馬錢子，送給病人服下了吧？看情形，有些像哩！因為誤服了馬錢子，會有這種角弓反張的現象。果真如此，那麼病人的暴斃，自己似乎該負一點間接的責任哩！這位「可靠」的老醫師，原是一個膽怯畏事的人物。想到這裡，他立刻自動取出了他的橡膠布，在他自己嘴上，加上了一道十字形的封鎖線。

呵！倒楣了王俊熙，便宜了小邱。仔細想想：這事情真是有點可笑的。

那麼，小邱為什麼要毒死他這有面子的老師呢？關於這事，裡面還牽連著一段悲劇式的羅曼史。如果讀者肯守祕密，筆者可以悄悄報告出來。

原來：那位況佩瑩小姐，與這小邱先生，不出余化影的意料，他們的結識，果在王俊熙之先。結識的所在，就在所謂「火坑」之中——當然，那時候的況小姐，她是另外有霓虹燈上的芳名的——當時，他們「照例」山盟海誓，已有嫁娶之約。可是，讀者們，你見過那張弓插翅的愛神嗎？嘿！你看，這可惡的小東西，祂的造像，不是往往是用黃金鑄起來的嗎？於是，在一種必然性的結果下，這小邱終於做了情場上的敗者。當時這事情，曾使這個熱血沸騰的青年，幾乎瘋狂，幾乎要自殺。最後，他找到了一個辦法：他打聽到他這未曾會面過的情敵，是本地一位富商，於是，他輾轉託人，投拜到了這位富商門下，做了他的一名門生，藉此，可以接近他的「生命泉源」。

這可憐的傢伙，他的用心，委實是很苦的！

至於這一次，他從佩瑩嘴裡，聽到了他老師十二年前那種殘酷的隱事，在青年人的熱情之火下，引起了他不可遏制的「正義感」。於是他毅然決然，暗自下了這仁慈的毒手，準備把他心底的偶像，從不合理的環境中解放出來。

那麼，他這勇敢的舉措，是否完全由於純粹的正義感呢？關於這，筆者至少暫時，還不敢下肯定的答語。

不過讀者們是明白的，你們請看：在那產金沙的沙灘上，有多少耀眼的金沙，它們會是純粹的金沙，而竟不滲入一點其他沙土的雜質呢？

除此以外，還有一種推想：也許王俊熙在這件鬧鬼的把戲上，他對小邱，已經有些懷疑，而小邱無奈之下，方下這毒手。這也是一種可能。

總之，由於以上這一個最後的揭發，可知殺人的責任，並不需要我們那位神祕朋友負擔起來，那是無疑了。

講到這位神祕人物，他的為人，有一部分的讀者們是知道的。他生平，雖曾做過許多「惡意的善事」或是「善意的惡事」，但是，他所最恨惡的，卻是殺人與流血。他既不曾殺人，當然，他也無須懺悔。

然而不！仔細想來，他還是要懺悔的。論理，他在這件事裡，他既知道了這暗幕中的真相，他應該使那殺人的人，受到制裁才對。

他為什麼並不聲張呢？

從人世間的法律上說：他有「庇護罪人」的過失——這在法學上的名辭，就叫作「不作為罪」——而在佛教上，他這過失，又名為「隨喜的」罪惡；這種隨喜的罪惡，從佛法說來，和直接的罪惡，幾乎是相等的。

可是，在那位神祕人物的腦中，卻具有一種思想上的隱祕。趁這機會，讓我一併揭發了吧！他的一生，抱有一種絕對錯誤的思想：他認為不論哪一個人，在某種熱戀狀態之下所造成的罪惡，都應該加以寬恕。由於這種乖僻的主張，所以他對小邱的殺人，非但並不聲張，還給予掩護。

以上，便是這件神祕事件中全部的祕密了。

請讀者們判斷吧！那位神祕朋友的罪惡性的思想，是否應該懺悔懺悔呢？

電子書購買　　爽讀 APP

國家圖書館出版品預行編目資料

血紙人：無處不在的亡魂耳語，誓將所有「知情者」拉入萬丈深淵 / 孫了紅 著 . -- 第一版 . -- 臺北市：崧燁文化事業有限公司 , 2023.10
面；　公分
POD 版
ISBN 978-626-357-543-1(平裝)
857.7　　112011522

血紙人：無處不在的亡魂耳語，誓將所有「知情者」拉入萬丈深淵

臉書

作　　者：孫了紅
發 行 人：黃振庭
出 版 者：崧燁文化事業有限公司
發 行 者：崧燁文化事業有限公司
E-mail：sonbookservice@gmail.com
粉 絲 頁：https://www.facebook.com/sonbookss/
網　　址：https://sonbook.net/
地　　址：台北市中正區重慶南路一段六十一號八樓 815 室
Rm. 815, 8F., No.61, Sec. 1, Chongqing S. Rd., Zhongzheng Dist., Taipei City 100, Taiwan
電　　話：(02) 2370-3310　　傳　　真：(02) 2388-1990
印　　刷：京峯數位服務有限公司
律師顧問：廣華律師事務所 張珮琦律師

定　　價：250 元
發行日期：2023 年 10 月第一版
◎本書以 POD 印製